Tome 2
LA RÉSURRECTION DE LA CHAIR

**Catalogage avant publication de Bibliothèque
et Archives nationales du Québec
et Bibliothèque et Archives Canada**

Comeau, Yanik, 1968-
Les enfants Dracula
Sommaire: t. 2. La résurrection de la chair.
Pour les jeunes.
ISBN 978-2-89585-041-0 (v. 2)
I. Titre. II. Titre: La résurrection de la chair.
PS8555.O516E53 2010 jC843'.54 C2009-942280-8
PS9555.O516E53 2010

© 2010 Les Éditeurs réunis (LÉR) et Yanik Comeau

Illustration : Sybiline

Les Éditeurs réunis bénéficient du soutien financier de la SODEC
et du Programme de crédit d'impôt du gouvernement du Québec.

Nous remercions le Conseil des Arts du Canada
de l'aide accordée à notre programme de publication.

Édition :
LES ÉDITEURS RÉUNIS
www.lesediteursreunis.com

Distribution au Canada :
PROLOGUE
www.prologue.ca

Distribution en Europe :
DNM
www.librairieduquebec.fr

Imprimé au Québec (Canada)

Dépôt légal : 2010
Bibliothèque et Archives nationales du Québec
Bibliothèque nationale du Canada

Yanik Comeau

LES ENFANTS

Tome 2
LA RÉSURRECTION DE LA CHAIR

LER
LES ÉDITEURS RÉUNIS

DU MÊME AUTEUR
(principaux ouvrages)

Les Éditeurs réunis (LÉR)
Les enfants Dracula, tome 1 – Les enfants de la nuit, 2010
Les enfants Dracula, tome 2 – La résurrection de la chair, 2010
Les enfants Dracula, tome 3 – Le sang de l'alliance, automne 2010

Éditions Héritage
L'arme secrète de Frédéric, roman, collection Libellule, 1994
Frédéric en orbite!, roman, collection Libellule, 1996

Éditions Milan (France)
«Sarah et Guillaume chez le père Noël», conte, dans *Mille ans de contes – Québec,* 1996-2008

Éditions HRW / Grand Duc
Vénus en autobus, roman, collection L'Heure Plaisir Coucou, 1997
Jupiter en hélicoptère, roman, collection L'Heure Plaisir Coucou, 1997

Éditions Pierre Tisseyre
«Les phases de la lune», nouvelle, dans *Entre voisins,* collection Conquêtes, 1997
«Ski de chalet sous la pleine lune», nouvelle, dans *Peurs sauvages,* collection Conquêtes, 1998
Voulez-vous m'épouser, mademoiselle Lemay?, roman, collection Sésame, 1998
«Pour l'amour de Virginie…», nouvelle, dans *Petites malices et grosses bêtises,* collection Conquêtes, 2001

Éditions Vents d'Ouest
«Étienne Desloges aux premières loges!», nouvelle, dans *Les nouvelles du sport,* collection Girouette, 2003
«Les planètes, mes complices», nouvelle, dans *Les baguettes en l'air,* collection Girouette, 2005
«Chalet de glace», nouvelle, dans *Bye-bye, les parents!,* collection Ados, 2006
«Miroir, miroir», nouvelle, dans *Histoires de fous,* collection Girouette, 2007
«Sang-froid sur le métier…», nouvelle, dans *Nuits d'épouvante,* collection Ados, 2008
«L'Affaire du chat Valère», nouvelle, dans *L'Affaire est ketchup,* collection Girouette, 2009

COMUNIK Média
Coups de théâtre! – 36 courtes pièces de théâtre pour enfants et adolescents, volumes 1 à 6, théâtre, 2003-2009
Enter Stage Right! – A collection of 36 short plays for kids and teens, volume 1, théâtre en anglais, 2005

À mon amie Christine Bédard,
pour célébrer vingt ans d'amitié,
les hauts, les bas, les grands bonheurs et les passages difficiles,
les morts et les résurrections.

PROLOGUE

— Venez, Oleana… Je vais vous préparer le petit-déjeuner de vos rêves…

Le chef Morneau passa son bras enveloppant autour des épaules de la gouvernante potelée. Mais ni sa chaleur humaine ni ses paroles apaisantes n'eurent d'effet sur madame Popescu, la gouvernante du château Dracula, qui retenait ses larmes depuis le départ de Milos, Elizabeth et Sarah.

Dans le cœur et dans l'âme d'Oleana Popescu, tout se bousculait. Elle avait l'impression que les enfants du comte Dracula étaient devenus les siens. Elle savait bien que c'était ridicule, qu'elle ne les connaissait que depuis quelques jours, mais elle avait investi tant de temps et d'énergie pour qu'ils se sentent chez eux dans cette maison, pour qu'ils aient envie d'investir ce château de leur jeunesse, de leur énergie positive. Quand elle les avait enfin rencontrés – d'abord Elizabeth, puis Sarah et Milos –, elle avait eu l'impression de les connaître depuis toujours, qu'ils étaient ses propres enfants qu'elle venait de retrouver après quelques années de séparation. Elle avait été impressionnée par leur chaleur, leur spontanéité, leur douceur, toutes ces qualités qu'ils avaient reçues de leurs parents adoptifs qui les avaient visiblement élevés avec rigueur et amour.

— Je peux vous cuisiner… ce que vous voulez… balbutia maladroitement le chef Morneau dans un dernier effort, déjà convaincu qu'il gaspillait sa salive.

Madame Popescu sourit poliment à son collègue de travail. Son fidèle ami et complice avait un talent incommensurable pour la cuisine et tentait toujours de s'en servir pour faire le bien autour de lui. Cependant, en cette occasion, tous les délices de la terre ne pourraient rien pour effacer la peine de la gouvernante.

Prenant la main libre du cuisinier dans la sienne, Oleana Popescu la serra pour lui signifier qu'elle appréciait ses attentions. Elle se détacha ensuite de son ami et entreprit d'escalader l'escalier du hall d'entrée qui menait à la mezzanine. Le message était clair : il n'y avait rien à faire. Le chef cuisinier se sentit démuni, impuissant. Secrètement amoureux de la gouvernante depuis des lustres, il aurait tant aimé pouvoir la consoler, lui faire oublier sa peine. Il haussa tristement les épaules et se résolut à reprendre ce qu'il savait le mieux faire : concocter des plats somptueux et délicieux dans ses cuisines, plats que personne ne mangerait parce que, encore une fois, la maison était vide.

Pendant des heures, madame Popescu déambula dans le château comme une âme perdue. Toutes les rénovations et tous les changements apportés à la décoration pour rendre la demeure plus lumineuse, plus accueillante, plus chaleureuse, la faisaient maintenant pleurer. Dans chacune des pièces de la maison, elle se repassait des scènes qu'elle avait vécues avec Sarah, Elizabeth et

Milos. Elle souriait et riait à travers ses larmes en s'étonnant de l'abondance de souvenirs qu'elle avait pu accumuler en si peu de temps.

— Douce divinité! Peut-être que j'en invente? s'entendit-elle dire tout haut avant d'éclater de rire puis pleurer, se trouvant ridicule.

Dans un grand soupir, elle se rappela à quel point elle aurait voulu que la vie devienne simple au château, que les héritiers du comte Dracula puissent être heureux sans avoir à recourir au Mal auquel sont enclins les morts-vivants. «À la rigueur, n'aurait-il pas été préférable que personne ne leur dise qu'ils étaient les descendants du roi des vampires? se demanda-t-elle. Ils auraient pu hériter de tout et poursuivre leurs vies quotidiennes sans avoir à devenir des vampires, non?»

C'était sous-estimer le comte Dracula que de penser ainsi et madame Popescu connaissait trop bien le maître pour croire en ses propres songeries.

La gouvernante était une éternelle utopiste.

Madame Popescu passa la tête dans la chambre qu'elle avait préparée spécialement pour Sarah au troisième étage. Elle soupira à nouveau, tentant du même coup de se remettre de ses émotions.

— Ces pauvres enfants! dit-elle en refermant la porte que la plus jeune des filles de Dracula avait entrebâillée.

Elle se tourna et s'appuya contre la grosse porte en fermant les yeux.

«Que décideront-ils? se questionna madame Popescu. Réussiront-ils à résister à cette horrible proposition de leur père : devenir vampire et faire entrer dix-huit autres pauvres âmes innocentes dans la soi-disant *famille* des vampires? Quelle horreur!»

La gouvernante sentit une présence près d'elle, comme si quelqu'un – ou quelque chose – respirait près de son cou. Parcourue d'un frisson, elle ouvrit les yeux en sursautant. Elle jeta un regard dans toutes les directions. Il n'y avait rien ni personne. Bizarre…

Tout en réfléchissant, madame Popescu poursuivit son chemin dans la maison.

Lorsqu'elle s'arrêta devant la chambre d'Elizabeth, la gouvernante poussa la porte et aperçut Violetta Lupesco, la femme de chambre.

— Ne touchez à rien! s'exclama-t-elle sans réfléchir, ce qui fit tressaillir la domestique.

— *Doamnă* Popescu? Qu'y a-t-il?

La gouvernante demanda pardon à madame Lupesco et lui expliqua qu'elle voulait que mademoiselle Elizabeth puisse retrouver la chambre dans le même état qu'elle l'avait quittée.

— Je vous jure que je n'ai rien déplacé, avança timidement la femme de chambre. J'ai seulement épousseté un peu… et changé la literie.

— Vous… pouvez épousseter, faire le ménage, mais… je… je veux que mademoiselle Elizabeth se sente chez elle quand… si elle revient.

Madame Lupesco acquiesça, interloquée, et recommença à faire danser son plumeau sur les bibelots en tentant de ne pas trop dévisager la gouvernante qu'elle trouvait soudain bien étrange.

Confuse et honteuse, madame Popescu se retira. Elle soupira encore en déambulant dans le long couloir.

«Si elle revient… songea-t-elle. Sera-t-elle un vampire lorsqu'elle reviendra? Ces enfants seront-ils assez forts pour affronter leur père et refuser sa proposition? Que Dieu les garde d'être tentés par la "vie éternelle", douce divinité! Auront-ils le courage et la détermination de braver cet ultimatum? Accepteront-ils de renoncer à cette fortune qui leur est promise? Je ne sais même pas moi-même ce que je ferais si je me trouvais dans la même situation! Comment ces enfants – si jeunes! – pourront-ils prendre la bonne décision?»

Madame Popescu se retira dans sa chambre et s'étendit sur son lit, accablée par toutes ses questions, par toutes ses inquiétudes.

CHAPITRE 1

Transylvanie – Bucarest, 17 octobre

— Ça va, Sarah ? Tu sembles bien mal en point…

Elizabeth avait posé la question même si elle croyait déjà connaître la réponse.

— Je n'ai pas dormi de la nuit, répondit sa jeune sœur. Incapable de fermer l'œil. J'ai passé des heures dans la bibliothèque.

Sarah se frottait tour à tour les yeux et le bas-ventre. Elle avait l'impression qu'un orage grondait dans son utérus. Ses premières menstruations étaient plus pénibles que ce à quoi elle se serait attendue. Évidemment, avec son grand frère assis à ses côtés sur la profonde banquette arrière de la limousine qui les menait à Bucarest, elle n'avait pas envie d'élaborer sur son état.

— C'était comme ça pour moi aussi, dit Elizabeth, sans réfléchir.

Sarah fit de gros yeux à sa sœur qui comprit sur-le-champ et ajouta maladroitement :

— Je… je n'ai pas été capable de dormir, moi non plus.

Sarah se tourna vers Milos pour mesurer la réaction de celui-ci, mais il semblait perdu dans ses pensées. Sarah rougit néanmoins.

— J'ai passé la nuit à lire sur les vampires, lança-t-elle rapidement pour changer de sujet. Beaucoup de mythes et de légendes sont complètement farfelus, si on se fie à ce que j'ai lu. C'est incroyable!

Sarah expliqua à son frère et à sa sœur que selon les souches de vampires, les règles, les besoins, les us et coutumes, les habitudes et les comportements variaient. Il apparaissait même que certains de ces mythes et légendes, pourtant ancrés dans des croyances tenaces, s'étaient atténués au fil des siècles, des générations.

— Qu'est-ce que tu veux dire? demanda Elizabeth, curieuse.

— Il y aurait des dizaines d'exemples, dit Sarah. Vous savez, toutes les histoires autour des crucifix, des gousses d'ail et des vampires qui ne peuvent sortir que la nuit parce qu'ils fuient la lumière du jour? Il semble-rait que ce soit de moins en moins vrai.

Toujours concentré sur le paysage lugubre et brumeux qui défilait devant ses yeux, Milos plaisanta:

— Ça veut dire que je pourrai sortir avec des lunettes de soleil? C'est parfait. Mes amis rient déjà de mon petit côté vedette de Hollywood. Ça ne surprendra personne.

Ses deux sœurs sourirent en roulant les yeux, complices.

— De génération en génération, poursuivit Sarah, les descendants de notre père biologique auraient développé – je ne sais pas trop comment dire ça – des résistances? des anticorps? En tout cas, c'est ce qui leur permettrait de ne plus fuir le soleil, l'ail ou les crucifix. Certains scientifiques affirment même que l'emprise de moins en moins forte de la religion catholique dans le monde – particulièrement en Occident – serait à l'origine de cette résistance des vampires aux crucifix et à l'eau bénite.

Impressionnée par les recherches de sa jeune sœur, Elizabeth bombarda Sarah de questions. Le voyage sur les routes étroites et sinueuses des Carpates jusqu'à Bucarest était très long, ce qui leur donnait beaucoup de temps pour discuter. Et puisqu'ils allaient éventuellement entrer dans la cohorte, ne valait-il pas mieux en savoir le plus possible sur les vampires et leur mode de vie?

— Selon ce que j'ai lu, il y aurait au moins quatre grandes souches, quatre grandes familles ou cohortes de vampires, expliqua Sarah en joignant les mains et en s'assoyant sur le bord de la banquette pour s'approcher d'Elizabeth. D'abord, les vampires européens, dont notre père serait roi et maître et principal… géniteur, si on peut dire…

Sarah s'interrompit, troublée par les images qui germaient dans sa tête; cette hésitation amena aussi les imaginations de Milos et d'Elizabeth dans des endroits qu'elles n'avaient pas encore explorés. Ils eurent tous trois un frisson et Sarah s'empressa de se ressaisir.

— Ensuite, il y a les vampires égyptiens qui seraient les descendants de la princesse Akasha, premier vampire de l'histoire selon les fidèles de cette lignée.

Milos marmonna :

— C'est de cette filiation-là qu'Anne Rice s'est inspirée pour ses chroniques.

Étonnée parce qu'elle croyait qu'il ne l'écoutait pas, Sarah répondit :

— Exactement. C'est une histoire vraiment fascinante qui commence quatre mille ans avant nos jours.

La plus jeune héritière de Dracula attendit que son frère enchaîne, mais celui-ci n'avait rien à ajouter. Sarah poursuivit après avoir haussé les épaules.

— Ensuite, il y a les vampires de la lignée démoniaque qui seraient issus des esprits maléfiques, des démons qui occupaient la Terre avant l'arrivée des humains. Quand ceux-ci sont arrivés, ils auraient chassé les démons, mais l'un d'entre eux aurait réussi à empoisonner le sang d'un homme qui aurait, par la suite, mordu plusieurs de ses semblables dans le but éventuellement d'exterminer la race humaine et de rétablir le règne de la race démoniaque sur terre…

Les yeux écarquillés, Elizabeth poussa un petit «Wow!» avant que Sarah ne reprenne son exposé.

— Puis, enfin, il y a la souche indienne qui remonterait à cinq mille ans avant nous, en Inde. Une jeune femme enceinte, morte d'une maladie inconnue, aurait été ramenée à la vie par un sorcier qui aurait invoqué l'esprit de Yashkina, un démon-serpent qui serait entré dans le corps de la défunte pour la faire renaître… avant que les hommes du village ne la tuent une deuxième fois. Quand les villageois se seraient aperçus que le ventre de la mère morte s'agitait toujours, ils auraient éventré le cadavre pour en sortir l'enfant.

— Ah! C'est dégoûtant! dit Elizabeth en grimaçant.

— Mais non, dit Milos, nonchalamment. C'est comme… une césarienne posthume… à froid.

Il y eut un silence. Elizabeth et Sarah se regardèrent avec des yeux ronds comme des soucoupes. D'un commun accord, après avoir communiqué seulement par le regard, elles décidèrent de ne pas répondre à leur frère.

— Mais ce n'est pas tout, reprit Sarah, visiblement passionnée par ses lectures. Finalement, le bébé que les villageois avaient sauvé en ouvrant le ventre de la mère grandit vite, devint fort et puissant. Mais en réalité, il s'agissait du démon qui avait été pris au piège dans le corps de la femme et qui s'était réfugié dans le corps de l'enfant. C'est fou, hein?

Milos poussa un soupir d'impatience.

— Fou, tu dis? C'est ridicule!

Insultée, Sarah haussa le ton.

— Il y a une semaine, je t'aurais dit que notre histoire aussi était ridicule! Mais depuis que j'ai vu mon père biologique, transformé en chauve-souris géante, défoncer une vitre et atterrir sur une table avant de se réincarner sous mes yeux, disons que j'ai un peu perdu mes repères!

Milos et Elizabeth demeurèrent muets. Que pouvaient-ils répondre à cela, en effet? Ils avaient, tout autant que Sarah, vu leurs frontières entre la réalité et la fiction reculer dans les derniers jours.

Après plusieurs minutes, Elizabeth se décida enfin à briser le silence.

— Qu'est-ce qu'on fait maintenant? On ne peut plus éviter le sujet. Il faudra se décider une fois pour toutes. On devient des vampires ou on envoie promener notre père?

Tout à coup, avant que Milos ou Sarah n'aient la chance de répondre, un son sourd ressemblant à un coup d'arme à feu retentit, ce qui fit sursauter les trois passagers de la limousine. Le véhicule se mit à zigzaguer, ses pneus crissèrent et une odeur de caoutchouc brûlé envahit l'habitacle de la voiture. Les corps des trois passagers furent impitoyablement ballottés.

À travers les vitres teintées, Milos remarqua que le paysage dansait maintenant dans toutes les directions, indication claire que le chauffeur avait perdu la maîtrise de la voiture.

— Qu'est-ce qui se passe? s'écria Elizabeth.

— Accrochez-vous bien! ordonna Milos en agrippant solidement une poignée de sécurité de sa main gauche et en encerclant la taille de Sarah avec son bras droit pour éviter qu'elle soit encore secouée.

La roue avant gauche de la limousine heurta alors de plein fouet une grosse pierre qui fit office de rampe de lancement. La voiture massive bascula sur le côté, glissa dans un fossé et termina sa trajectoire couchée sur les portières du côté passager, le nez dans l'eau marécageuse et stagnante d'un ravin peu profond.

Pendant les dernières secondes de cette série de cascades, Milos, Elizabeth et Sarah avaient fermé les yeux, impuissants. Chacun de son côté, les trois héritiers de Dracula se passèrent la même réflexion : « Peut-être que j'aurais dû faire mon testament avant de quitter le château ! »

— Ça va, les filles ? demanda Milos en ouvrant les yeux et en regardant partout autour de lui.

— Tu m'écrases ! répondit Sarah, le souffle court. Pousse-toi !

Milos réalisa qu'il coinçait Sarah contre la portière et tenta de se dégager pour qu'elle puisse recommencer à respirer normalement.

— Aïe ! dit la jeune fille. Je pense que tu m'as cassé des côtes.

— C'était ça ou je te laissais virevolter comme une feuille d'automne et tu te fracassais le crâne Dieu sait où ! tonna Milos, visiblement agacé que ses instincts protecteurs ne soient pas appréciés.

— OK, OK, d'accord. Excuse-moi. Toi, Elizabeth, ça va ?

L'interpellée, qui n'avait pas bougé depuis que la voiture s'était immobilisée, ouvrit les yeux tout grands et les tourna vers Sarah comme si elle avait été possédée. Sentant une fraîcheur sur son front, elle y porta deux doigts et y découvrit une coupure sanglante. Après avoir vu le sang sur ses doigts, elle les porta à sa bouche pour goûter le liquide vermeil qui commençait déjà à coaguler. D'une voix caverneuse et troublante, elle souffla lentement, pesant ses mots :

— Je ne me suis jamais sentie aussi bien… Je suis un VAMPIIIIIRRRRRE !

Et elle éclata d'un rire cristallin qui remplit la voiture.

Sarah, qui avait eu peur pendant un moment, se sentit ridicule d'être tombée dans le piège de sa sœur.

— Tu es drôle, Elizabeth… Très drôle ! Franchement !

Milos ne put s'empêcher de rire pendant que Sarah, blessée dans son orgueil et portée par la colère, tentait désespérément d'ouvrir la portière de la voiture.

— Sarah ! Ne sois pas si susceptible, finit par dire Milos, toujours amusé. Et surtout, cesse de t'acharner sur cette portière car elle ne s'ouvrira jamais.

Encore plus insultée, Sarah reprit :

— Espèce de macho ! Ce ne sont pas seulement les garçons qui peuvent ouvrir les portes !

Milos sourit.

— Tu as raison. Mais même un garçon ne pourrait pas ouvrir celle-là. Elle est clouée au sol. Il faudra que tu sortes de l'autre côté… à moins que tu n'aies déjà des pouvoirs magiques!

Elizabeth se remit à rire.

— Je suis contente de voir que cette situation vous amuse, parce que moi, je ne trouve rien de drôle là-dedans!

Pendant que Sarah se débattait péniblement pour se lever et tenter d'ouvrir la portière du côté conducteur, tous les trois entendirent une voix masculine qui venait de l'extérieur.

— Monsieur Milos? Mademoiselle Elizabeth? Mademoiselle Sarah? Vous êtes blessés?

Silence.

— Nom de Dieu! Le maître va me tuer, c'est certain!

Milos fut le premier à prendre la parole.

— Non, non, non! Personne n'est mort… et personne ne mourra. Ne vous inquiétez pas. Nous allons bien tous les trois.

Toujours offusquée, Sarah grommela:

— Parle pour toi!

La voix de l'extérieur s'éleva encore.

— Tenez-vous bien. Je vais redresser la voiture.

Les jeunes s'agrippèrent aux poignées de sécurité et entendirent des pas dans le gravier. Quelques secondes plus tard, ils perçurent des grognements et sentirent la voiture tanguer de gauche à droite, comme un bateau bercé par des vagues, jusqu'à ce qu'elle retombe sur ses pneus.

Milos, Elizabeth et Sarah reprirent leurs esprits pendant un moment après avoir redéposé leurs fesses sur leurs banquettes respectives.

— Ouais... il est fort, grommela Elizabeth, impressionnée.

Quelques secondes plus tard, la portière du côté conducteur s'ouvrait et la tête du chauffeur apparaissait.

— Toutes mes excuses. Je... nous avons eu une crevaison et... j'ai perdu le contrôle de la voiture. Je... je vous demande pardon. Laissez-moi vous aider à sortir.

Le pauvre chauffeur tint galamment la main d'Elizabeth, puis celle de Sarah, avant d'aider Milos à sortir du véhicule.

— Nous... je... j'appelle tout de suite la compagnie pour qu'elle nous envoie une autre voiture.

Milos parcourut rapidement du regard le paysage. La brume épaisse l'empêchait de voir bien loin, mais il devina qu'il restait encore quelques centaines de kilomètres à parcourir pour atteindre l'aéroport de Bucarest. Il jeta un œil à sa montre.

— À moins que la nouvelle voiture n'arrive très rapidement, ça prendra un miracle pour que nous ne rations pas nos avions...

CHAPITRE 2

Bucarest, 17 octobre

— Je suis vraiment désolé, répéta le chauffeur maladroit pour la énième fois dans un français approximatif.

Elizabeth et Milos interrompirent leurs cent pas dans le gravier pour soupirer et tourner les yeux vers le ciel nuageux.

— On le sait! Merci! dit Sarah, excédée.

Milos jeta machinalement un œil à sa montre, sans vraiment regarder l'heure. Pendant les quelque trois heures qui s'étaient écoulées depuis l'accident, environ une dizaine de véhicules étaient passés sur cette route tortueuse au milieu des montagnes. Un bon samaritain s'était arrêté, s'était entretenu avec le chauffeur en roumain et avait promis qu'il signalerait l'incident aux autorités du prochain village, mais… depuis ce temps, rien. Pas de policiers, pas de pompiers, pas de secours… et toujours pas de voiture de la compagnie de limousines!

Milos, qui parlait couramment le roumain, avait même emprunté le téléphone cellulaire d'Elizabeth pour rappeler l'entreprise de location de véhicules de luxe qui avait déjà promis une autre voiture au chauffeur, mais son appel ne semblait pas avoir accéléré le processus.

— C'est certain que nous allons manquer nos avions maintenant! dit Milos pour lui-même, mais assez fort pour que tout le monde l'entende.

Mal à l'aise, le chauffeur répéta:

— Je suis vraiment désolé.

Elizabeth agrippa l'homme par le collet et, levant son poing droit, elle vociféra:

— Si vous le dites une autre fois, je vous tatoue mes bagues dans le front, m'entendez-vous?

Milos prit sa sœur doucement par les épaules et lui flatta affectueusement les bras pour la calmer. Lorsque Elizabeth réalisa que sa réaction était passablement démesurée, elle relâcha l'homme. Milos regarda le chauffeur dans les yeux et, avec un petit sourire narquois, lui chuchota en roumain:

— Je suis vraiment désolé.

L'homme sourit à son tour, mal à l'aise, et s'éloigna pour appeler de nouveau la compagnie de limousines.

— Si ça continue, nous allons mourir ici! s'écria Sarah, exaspérée. Vous croyez vraiment que quelqu'un va venir nous chercher? Moi, non. Enfin, oui… mais… je crois que nous sommes victimes d'un complot. Oui,

oui, un complot ! Cette crevaison n'est pas arrivée par hasard. Elle était prévue ! Ce chauffeur n'est pas un vrai chauffeur de limousine, mais plutôt un cascadeur de cinéma qui a été embauché pour provoquer cet accident et nous tenir en otages sur le bord de la route jusqu'à ce que les véritables kidnappeurs viennent nous chercher. Moi, c'est ce que je pense.

Milos et Elizabeth échangèrent un regard, bouche bée. Puis, n'en pouvant plus de garder leur sérieux, ils pouffèrent de rire.

Insultée, Sarah renchérit :

— C'est ça, riez de moi ! Mais vous allez voir !

— Vous savez ce que je pense, moi ? demanda Milos. Je pense que cet accident est un mal pour un bien.

— QUOI ? dirent ses deux sœurs en chœur.

— Tu es malade ? ajouta Sarah.

— Pas du tout, enchaîna Milos qui n'était pas surpris de la réaction des filles. Je crois que cet accident sera l'occasion rêvée pour nous d'apprendre à nous connaître davantage, de prendre un peu de recul… et de décider ensemble, sans être trop bousculés, de ce que nous ferons.

Elizabeth et Sarah demeurèrent muettes un moment. Puis, en même temps, les traits de leurs visages s'adoucirent.

— Milos a raison, entreprit Elizabeth en regardant Sarah. Tout se passe beaucoup trop vite. Nous avons besoin de temps ensemble pour discuter de la situation.

L'aîné prit la relève.

— Nous aurions dû rester au château quelques jours de plus pour vider la question, mais bon… tout avait été décidé pour nous. Les billets d'avion étaient achetés et nos itinéraires, déjà tracés… Maintenant, cet accident imprévu, cet élément déclencheur…

Les oreilles de Sarah se dressèrent.

— Élément déclencheur ? répéta-t-elle.

— Quoi ? Ce n'est pas la façon de dire, dans vos cours de français, au Québec ?

Sarah fronça les sourcils, troublée par tout ce que son frère connaissait et par le fait que ce qu'elle vivait présentement aurait pu, en effet, faire l'objet d'une production écrite !

— Euh… oui, oui, balbutia-t-elle enfin.

Milos enchaîna.

— Je disais donc que cet accident vient faire un pied de nez au projet de notre père et nous donnera l'excuse parfaite pour… étirer les délais d'exécution de la mission, non ?

Elizabeth et Sarah échangèrent un sourire malicieux.

— Et je connais l'endroit parfait pour nous héberger pendant notre réflexion, compléta Milos.

†

Ce n'est que quatre heures plus tard que la nouvelle voiture d'Ionesco Limousine Services transportant

Milos, Elizabeth et Sarah s'arrêta devant la porte principale du Golden Tulip Hotel de Bucarest où l'aîné des héritiers de Dracula avait décidé d'emmener ses deux sœurs.

— Vous allez voir. C'est un hôtel magnifique et le service est incroyable, affirma Milos en pensant secrètement à Mila qui l'avait accompagné lors de son dernier séjour.

Quand Elizabeth et Sarah pénétrèrent dans le hall d'entrée, elles constatèrent que Milos n'avait pas exagéré. Cet endroit était splendide. Elles savaient qu'elles y seraient bien et, après la mésaventure de l'accident et les heures passées sur le bord de la route dans la brume et l'humidité de l'automne roumain, elles avaient hâte de tremper dans un bain chaud et de s'envelopper dans une robe de chambre douillette.

— Vous aurez tout ce dont vous avez besoin, renchérit Milos, heureux de se retrouver en terrain connu.

Sarah et Elizabeth étaient amusées par le ton de leur frère qui parlait comme s'il avait eu des parts dans l'entreprise.

— Mais Milos, qu'allons-nous faire pour nos parents? demanda néanmoins Sarah, préoccupée.

Elizabeth intervint rapidement.

— Tu pourras les appeler avec mon cellulaire… ou avec le téléphone de la chambre.

Sarah fronça les sourcils.

— J'aimerais mieux ton cellulaire… Comme nous avons l'afficheur à la maison, je préfère que mes parents ne sachent pas que je les appelle d'une chambre d'hôtel de la capitale de la Roumanie. Ils risqueraient de trouver ça louche. Avec un cellulaire, j'ai de meilleures chances que le numéro ne s'affiche pas.

Un garçon de chambre déposa tous les bagages du triumvirat sur un chariot luxueux et se dirigea vers l'ascenseur pour attendre, pendant que Milos terminait l'enregistrement au comptoir de service.

— Moi aussi, je vais appeler mes parents, souffla Elizabeth à l'oreille de Sarah.

Sa petite sœur sourit et Elizabeth comprit que Sarah appréciait cette délicatesse. Après tout, ce n'était ni bébé ni peureux que de vouloir rassurer son père et sa mère. C'était respectueux et responsable.

Après la course en ascenseur, Milos, Elizabeth, Sarah et le garçon de chambre pénétrèrent dans une grande suite. Enchantées par le décor majestueux, les filles demeurèrent interdites.

— Et voilà! dit Milos, fièrement. C'est ici que nous allons passer la nuit.

Ce fut au garçon de chambre de froncer les sourcils. Son anglais n'était pas très bon, mais il avait cru comprendre que son client – qui semblait avoir, quoi, vingt et un ou vingt-deux ans? – allait passer la nuit avec deux jeunes filles qui paraissaient beaucoup plus jeunes que lui. Il ne savait pas s'il devait trouver Milos chanceux ou pervers!

Milos détecta le malaise dans les yeux de l'employé et s'empressa d'ajouter en riant, dans un roumain impeccable :

— Non, non, ce sont mes jeunes sœurs ! Je vais dormir dans la petite chambre et elles se partageront la suite principale.

Rassuré mais mal à l'aise que Milos ait vu du jugement dans ses yeux, le jeune homme sourit poliment à son client et fit un geste de la main qui signifiait clairement : « Oh, de toute façon, ce n'est pas de mes affaires ! »

Elizabeth et Sarah, au milieu de la pièce principale de la suite immense, tournaient sur elles-mêmes très lentement pour absorber toute la beauté de l'endroit avec leurs yeux émerveillés.

Sarah fut la première à sortir de sa rêverie, intriguée.

— Qu'est-ce que tu lui as dit ? demanda-t-elle discrètement à Milos.

— Que tu le trouvais délicieux, chuchota-t-il à l'oreille de Sarah.

Cette dernière, horrifiée, resta muette un moment, ses yeux écarquillés se promenant entre son frère et le beau garçon de chambre qui, finalement, ne devait guère être plus vieux que Milos.

Voyant que sa plaisanterie faisait des ravages, il décida d'en rajouter.

— Il s'appelle Ovidiu et il te trouve très belle, lui aussi.

Sarah en eut le souffle coupé, encore plus effarouchée par ce petit jeu de séduction que son grand frère semblait vouloir mener pour elle.

— Tu dis n'importe quoi! Il n'a même pas parlé! souffla-t-elle discrètement à Milos, néanmoins incertaine de ce qu'elle avançait.

Et si le garçon de chambre avait parlé et qu'elle ne s'en était pas rendu compte, trop occupée à s'étourdir de bonheur dans la grande suite? Quelle situation embarrassante!

Sarah jeta un regard à l'employé de l'hôtel. Elle se passa la réflexion qu'en effet il était plutôt beau garçon. Il avait même un petit quelque chose de Simon, l'élu de son cœur au Petit Séminaire. Elle rougit de pied en cap. Milos la regarda avec un petit sourire coquin. Il avait vraiment trop de plaisir à jouer des tours à Sarah. Celle-ci, réalisant qu'elle s'était encore fait avoir, frappa violemment le bras de Milos du revers de la main en maugréant:

— Espèce de niaiseux!

Un peu perdu, le beau garçon de chambre fronça ses gros sourcils hirsutes. Milos comprit son étonnement et se contenta de hausser les épaules comme pour dire: «Ne vous en faites pas. Vous connaissez les filles!»

— Tenez. Merci, Ovidiu, dit-il simplement au garçon de chambre en roumain tout en lui déposant un généreux pourboire dans la main et en souriant à sa petite sœur qui voulut fondre de honte.

Comme l'argent est la deuxième langue internationale, le jeune employé de l'hôtel tira sa révérence sur-le-champ.

— Tu es vraiment stupide, tu sais! éclata Sarah dès que l'employé eut quitté la chambre. Comment savais-tu qu'il s'appelait Ovidiu s'il ne te l'a pas dit?

Très fier de lui, Milos sourit et dit:

— J'ai lu son nom sur la plaquette qu'il porte sur sa chemise, bien sûr!

Sarah grogna affectueusement en s'éloignant de son frère, incapable de se fâcher contre Milos qu'elle trouvait drôle malgré tout.

Tout souriant, le jeune homme frappa dans ses mains et les frotta ensemble avant de dire:

— Bon! On se fait monter un repas monstre et on se paie une petite soirée cinéma?

Étonnées, Elizabeth et Sarah pouffèrent de rire.

— Pourquoi pas? répondit Elizabeth. Tu crois qu'ils ont des classiques comme *Fright Night* ou *Nosferatu* au cinéma à la carte? ajouta-t-elle, mi-figue, mi-raisin.

La blague d'Elizabeth ramena son frère et sa sœur sur terre. Il fallait qu'ils établissent une stratégie. Leur père leur avait imposé un ultimatum pour le moins incontournable et ils devaient déterminer comment ils allaient composer avec la situation. Après tout, ne fallait-il pas qu'ils soient aussi unis que les trois mousquetaires dans cette histoire?

— J'avais presque oublié ce qui nous arrive, avoua Sarah, dépitée. Avec la limousine, la suite de rêve de l'hôtel, un nouveau frère et une nouvelle sœur qui me tombent du ciel et que j'aime déjà, j'avais plus tendance à penser que je vivais un conte de fées qu'une histoire de vampires…

Milos et Elizabeth se regardèrent tristement. Puis, cette dernière souffla :

— Ouais… Je comprends ce que tu veux dire, Sarah.

Après un court silence, Elizabeth ajouta :

— Et je respecte ton désir de vouloir rester… humaine le plus longtemps possible avant de subir la transformation.

— Tu es gentille, mais ça ne sert à rien d'en parler puisque, peu importe ce que je déciderai de faire, notre père fera à sa tête. Nous deviendrons des vampires, que nous le souhaitions ou non. La question qui se pose maintenant, c'est : le ferons-nous à notre façon, serons-nous maîtres de la situation… ou nous laisserons-nous faire ?

Milos et Elizabeth avaient évité d'énoncer les faits aussi platement, mais ils savaient que Sarah disait vrai. Ils ne pouvaient faire autrement qu'être impressionnés par la lucidité, la maturité, le courage et la détermination de leur jeune sœur. Elle avait compris que le comte Dracula n'allait pas reculer et qu'il tenait à sa progéniture, à sa descendance, plus qu'à tout au monde.

— Alors, qu'allons-nous faire ?

— Il faudrait commencer par téléphoner à nos parents, rappela Elizabeth.

†

Après avoir passé un coup de fil à ses parents pour leur rappeler qu'ils ne devaient pas s'inquiéter, que tout allait bien, qu'elle rentrerait bientôt à la maison et leur expliquerait tous les événements des derniers jours, Sarah remit le téléphone à Elizabeth qui communiqua à son tour avec Patrick et Molly pour leur demander de ne pas s'en faire pour elle, que rien de mal ne lui était arrivé (enfin, façon de parler…) et qu'ils seraient gentils de rassurer Rick du même coup. Ce fut ensuite le tour de Milos d'emprunter le cellulaire d'Elizabeth. Il fit deux appels, laissant d'abord un message dans la boîte vocale de Matthew pour le rassurer et lui demander d'embrasser Océane pour lui (il savait que ce baiser serait sans conséquence, après tout!). Il joignit ensuite sa mère à Melnik pour lui demander pardon de ne pas avoir téléphoné depuis plusieurs jours et lui dire que tout allait pour le mieux.

L'aîné des héritiers de Dracula entreprit ensuite des démarches pour remplacer les billets d'avion qui leur permettraient de rentrer chez eux. Bien que Milos eût souhaité demeurer à l'hôtel avec ses sœurs pour deux nuits, il se résigna à prendre des billets pour le lendemain lorsqu'il apprit qu'il n'y aurait pas de vol pour Montréal le jeudi. Il n'allait quand même pas laisser Sarah seule à Bucarest!

Ayant rassuré tout le monde et toutes les démarches ayant été conclues pour qu'ils puissent rentrer chez eux, les membres du trio décidèrent de profiter des derniers moments qu'il leur restait à passer ensemble.

Après avoir mangé et beaucoup échangé – parfois très sérieusement, parfois avec plus de légèreté –, Sarah et Elizabeth profitèrent tour à tour de la grande baignoire à jets et du riche bain moussant avant de s'envelopper dans les robes de chambre moelleuses mises à leur disposition. Pendant ce temps, Milos passa sous la douche dans la chambre adjacente et se glissa sous les draps en pensant à Océane avec qui il aurait tant voulu partager ce lit trop vide.

Dans l'immense suite, Elizabeth et Sarah prirent place sur le très grand lit, assises en indien comme des gamines, et entreprirent de se raconter leurs vies, leurs amours, leurs expériences les plus intimes, leurs mauvais coups (Elizabeth en avait décidément fait beaucoup plus que Sarah et ce n'était pas seulement parce qu'elle avait trois ans d'avance sur sa cadette!). Elizabeth décrivit à sa frangine – dans les menus détails et sans aucune retenue – son passage à l'adolescence, sa puberté, ses réactions émotives aux transformations physiques et psychologiques qu'elle avait subies. Jamais Sarah n'aurait pensé qu'avoir une grande sœur pouvait être si agréable… et si instructif! Jamais Elizabeth n'avait été aussi volubile et spontanée.

Au milieu de la nuit, Elizabeth eut une idée folle. Elle entraîna Sarah avec elle au rez-de-chaussée de l'hôtel et se dirigea d'un pas décidé vers le comptoir du hall d'entrée. La jeune employée qui tenait le fort fut très surprise de lever les yeux sur deux adolescentes en robe de chambre à quelques pas de l'entrée de l'hôtel à une heure si tardive.

Souriant poliment, Elizabeth demanda :

— *Excuse me. Do you speak English ?*

Elle fut très soulagée lorsque l'employée lui répondit dans un anglais approximatif mais néanmoins compréhensible.

Sarah, à quelques pas derrière sa sœur, souriait, mal à l'aise, sans savoir ce qu'Elizabeth avait en tête.

Quelques minutes plus tard, l'adolescente avait réussi à négocier l'ouverture temporaire de la boutique de cadeaux de l'hôtel. Elle y acheta une quantité obscène de produits cosmétiques et de maquillage.

Sarah fronça les sourcils.

— Mais qu'est-ce que tu vas faire avec tout ça ?

Après avoir remercié l'employée en lui remettant un pourboire équivalent à deux jours de salaire, Elizabeth se tourna vers Sarah, l'agrippa joyeusement par le bras pour l'entraîner vers l'ascenseur en chantonnant :

— Je vais te dorloter, petite sœur !

Quelques minutes plus tard, Elizabeth et Sarah franchissaient la porte de leur suite en ricanant. La plus vieille versa sur le lit le contenu de son grand sac-cadeau.

— Manucure, pédicure, massage… je suis à ton service !

Sarah ne savait plus quoi dire. Beaucoup d'émotions se bousculaient dans sa tête et dans son cœur. Elle avait tour à tour envie de rire, de pleurer de bonheur, de rire encore.

— Allez! Installe-toi dans le fauteuil. Je commence par tes ongles de pied!

Incrédule, Sarah prit place dans le fauteuil et demanda :

— Tu sais faire des pédicures?

— Ce n'est pas parce que ces affaires-là ne me plaisent pas particulièrement et que je ne semble pas très féminine que je n'ai pas de plaisir à prendre soin des autres filles! Ce ne sont pas tous les coiffeurs qui sont gais, tu sais!

Elles éclatèrent de rire et se firent ensuite de gros «chut!» pour éviter de réveiller l'étage tout entier.

Après avoir massé et soigné les pieds et les orteils de Sarah, après avoir entretenu, limé et pris soin de séparer les doigts de pied de sa sœur – en n'oubliant pas de bien traiter ses cuticules, évidemment! –, Elizabeth entreprit de lui peindre les ongles. Chatouilleuse, Sarah réussit néanmoins à se laisser faire et s'émerveilla devant le travail minutieux de sa grande sœur.

— Maintenant, les doigts! dit Elizabeth en se relevant joyeusement.

Sarah protesta un peu.

— Vraiment, c'est trop, Elizabeth! Ce serait plutôt à moi de faire quelque chose pour toi maintenant.

— Non, non, non, je fais tes doigts. Quelle couleur veux-tu ?

Encore une fois, Sarah obéit. Elle opta pour une teinte beaucoup plus audacieuse que celle qu'aurait choisie sa mère, et s'abandonna aux doigts de fée de sa grande sœur.

Comblées, Sarah et Elizabeth s'échangèrent douze et quinze ans d'amour filial en une trop courte nuit magique.

CHAPITRE 3

Bucarest, 18 octobre

Milos fut réveillé par une cascade de rires provenant de la grande suite. Il aurait pu être irrité d'avoir été tiré de son profond sommeil, mais il eut plutôt un petit sourire satisfait, heureux que ses cadettes partagent des moments de complicité avant d'être séparées. Il jeta un œil au réveille-matin. Six heures treize. Du matin?

— Chut! Pas si fort! Nous allons réveiller Milos.

Même si elle avait chuchoté, le grand frère avait entendu la voix d'Elizabeth se frayer un chemin sous la porte.

Six heures du matin… Légèrement contrarié, Milos retira les draps et se tira péniblement du lit. Il avait beau être très tôt, lui et ses sœurs devaient rapidement se préparer s'ils ne voulaient pas rater leurs avions en partance de l'aéroport de Bucarest.

— Vous avez bien dormi? dit-il en poussant la porte et en se grattant la tête, les yeux entrouverts.

Les filles sursautèrent en chœur, surprises par l'apparition de leur frère. Elizabeth éclata de rire et Sarah se cacha les yeux en détournant le regard.

— Milos! On se garde une petite gêne! En bobettes? Franchement!

Milos haussa nonchalamment les épaules et alla tirer un *boxer* de sa valise pour l'enfiler par-dessus son slip.

— C'est mieux? dit-il, faussement agacé en réapparaissant dans le cadre de porte.

— Ouais… souffla Sarah après avoir écarté les doigts devant ses yeux.

Milos remarqua alors que l'édredon et la moquette étaient jonchés d'emballages de tablettes de chocolat, de sacs de croustilles et de paquets de noix assorties.

— Je vois qu'on a fait une razzia dans le minibar, remarqua Milos, amusé.

Les filles baissèrent le regard comme deux enfants pris en flagrant délit.

— On t'offrirait bien quelque chose, mais il ne reste plus rien!

— Sauf les boissons avec de l'alcool dedans, compléta Sarah. C'est trop dégueulasse!

Elizabeth vida son verre de boisson gazeuse et se leva rapidement du lit.

— Alors vous n'avez pas dormi de la nuit? demanda Milos.

— Pas une seconde, répliqua Elizabeth en ramassant quelques détritus qu'elle balança ensuite à la poubelle. Nous pourrons toujours dormir dans l'avion. Nous voulions profiter de nos dernières heures ensemble.

Sarah perdit son sourire. Un silence triste s'installa. Les trois complices savaient que, dans quelques heures, ils seraient séparés, filant dans les airs vers les lieux de leurs vies antérieures. En attendant, ils décidèrent de se concentrer sur le ménage et l'organisation de leur départ.

†

Après un petit-déjeuner au restaurant de l'hôtel, copieux pour Milos, frugal pour Elizabeth et Sarah qui avaient grignoté toute la nuit, les enfants Dracula montèrent à bord d'une limousine qui les conduisit à l'aéroport international de Bucarest.

Devant l'aérogare, le chauffeur s'affaira à préparer un chariot pour chacun des passagers. Ainsi, avec l'aide de Milos, Elizabeth et Sarah, les bagages furent rapidement triés et les jeunes voyageurs purent rejoindre le comptoir de leurs compagnies aériennes respectives.

Avant de se séparer, ils se retrouvèrent encore aux prises avec un silence triste au milieu du brouhaha de l'aéroport achalandé. Sans parler, ils échangèrent tous trois des regards qui devinrent de plus en plus mouillés.

— Je n'arrive pas à croire que nous nous quittions déjà, avança enfin Elizabeth. Je serais restée avec vous pour l'éternité.

Sarah et Milos percevaient l'ironie et le poids des paroles d'Elizabeth qui ne réalisait pas vraiment ce qu'elle disait.

— Enfin… vous me comprenez, non? ajouta-t-elle lorsqu'elle saisit la portée de ses mots.

Sarah enlaça Elizabeth et la serra très fort.

— Tu vas me manquer.

— Bof, pas tant que ça, maintenant que je t'ai montré comment prendre soin de tes ongles d'orteils!

Sarah eut un petit rire et déposa un baiser sur la joue de sa sœur.

— Je t'aime.

Les yeux d'Elizabeth s'emplirent de larmes tandis que son sourire devenait de moins en moins naturel.

— Ouais, ouais… tout le monde me dit ça.

Milos, très touché par la complicité que partageaient ses sœurs, les enlaça toutes deux et leur souffla à l'oreille:

— Vous savez, nous ne serons pas séparés longtemps.

À la fois rassurées et troublées par l'affirmation de leur frère, Sarah et Elizabeth sourirent. Puis, elles entraînèrent Milos dans un grand câlin à trois.

«Les passagers du vol 732 en direction de New York avec escale à Londres sont priés de se présenter à la barrière 28G pour l'embarquement. *Passengers for flight…*»

— C'est ton avion, Milos, dit Sarah, interrompant la voix féminine sensuelle qui annonçait les vols en quatre langues.

— Ouais, c'est mon tour, reprit Milos en soupirant. Déjà.

Sarah, Elizabeth et Milos se serrèrent les mains une dernière fois avant que Milos ne se détache de la ronde. Les deux filles regardèrent leur frère s'éloigner avec son chariot de bagages et se tinrent solidement pour éviter les débordements d'émotion.

Avant de tourner le coin au bout du long passage, Milos se retourna et envoya la main à ses deux cadettes avant de leur souffler un baiser.

— Nous allons le revoir bientôt, dit Elizabeth pour rassurer Sarah en renvoyant à Milos son baiser. Il l'a dit lui-même.

Milos avait déjà disparu.

†

Quelques minutes plus tard, Sarah entendit la voix sensuelle annoncer son vol vers Montréal. Résolue et déterminée, elle inspira profondément et embrassa Elizabeth une dernière fois avant de quitter sa sœur avec son chariot. Il fallait rentrer à Québec. David et Lyne l'attendaient. Elle voulait prendre des nouvelles de mamie Loulou, la serrer dans ses bras. Elle avait si hâte de retourner à l'école (cela la surprenait, mais c'est néanmoins ce qu'elle ressentait), de revoir Jolane, Simon, Francis et ses autres confrères et consœurs de classe. Il s'agissait de sa vie normale, après tout. Mais pourrait-elle vraiment revenir à une vie normale?

— Bye, Elizabeth! cria-t-elle sans retenue à son arrivée au bout du couloir.

Sa grande sœur se contenta d'un au revoir de la main et d'un baiser soufflé comme celui qu'elle avait envoyé à son frère.

Sarah s'engagea dans le corridor menant à la salle d'embarquement. Les yeux pleins de larmes, elle ne put garder qu'un dernier souvenir embrouillé de son aînée au milieu de la foule de l'aéroport de Bucarest.

Elizabeth poussa un soupir avant de jeter un regard à sa montre. Il lui restait encore trois heures avant que l'on n'appelle les passagers de son vol. Elle poussa son chariot couvert de bagages vers un banc et se laissa choir sur le siège. Seule dans ce chaos humain gigotant qui ne lui portait aucune attention, la jeune femme se sentait étrangement bien, comme si le fait d'être anonyme lui conférait une certaine sécurité, une certaine confiance en soi.

— Ça va être long, souffla-t-elle à voix haute en sortant son téléphone cellulaire de sa poche de manteau.

Pendant qu'elle parcourait les différentes fonctions de son appareil téléphonique, le regard fixé sur ses genoux, Elizabeth sentit quelqu'un prendre place à ses côtés. Dans sa tête, elle se répéta: «Ça va être *vraiment* long!»

— Mais non, tu verras, fit la silhouette. Ça passera très vite.

Elizabeth tourna la tête.

— MONSIEUR BRADLEY?

CHAPITRE 4

Bucarest – New York, 18 octobre

— Excusez-moi. Je peux m'asseoir?

Très concentré, le nez plongé dans un magazine de cinéma, Milos leva à peine la tête pour répondre un «oui, oui» nonchalant à l'homme qui lui adressait la parole, debout dans l'allée de l'appareil aérien qui le transporterait d'abord à Londres puis à New York.

L'étranger s'installa aux côtés du jeune homme.

— Vous vous intéressez toujours au cinéma? dit l'homme pour engager la conversation.

Intrigué, Milos tourna la tête vers l'homme en refermant le magazine sur son pouce.

— Toujours? Comment savez-vous que je m'intéresse au…

Milos s'interrompit et ses yeux s'écarquillèrent lorsqu'il reconnut monsieur Cartwright, l'homme de main du comte Dracula qui l'avait accompagné lors de son voyage de New York en Transylvanie.

— Encore vous? chuchota-t-il comme si l'homme et lui entretenaient une relation clandestine susceptible d'éveiller des soupçons. Qu'est-ce que vous faites ici?

— Je vous raccompagne chez vous… enfin… façon de parler.

Monsieur Cartwright poussa un petit gloussement sinistre qui glaça le dos de Milos. Agacé, le jeune homme haussa le ton.

— New York, *c'est* chez moi! Ce n'est pas une façon de parler. Je serai toujours Milos Menzel de Melnik en République tchèque, le fils… adoptif, mais le fils quand même, de Vaclav et Grazia Menzel, qui étudie et vit à New York, aux États-Unis, d'accord? Regardez!

Il avait tiré son passeport de sa poche et le secouait sous le nez de Cartwright.

— Si vous le dites…

— Ce n'est pas moi qui le dis, c'est mon identité! Ni le comte Dracula, ni la fée des dents, ni Merlin l'enchanteur n'y peuvent quoi que ce soit.

Cartwright demeura silencieux pendant que certains passagers se tournaient ou s'étiraient le cou pour voir qui parlait si fort. À la fois frustré et mal à l'aise d'avoir ainsi attiré l'attention, Milos inspira profondément, poussa un soupir d'exaspération et rouvrit son magazine à la page qu'il lisait avant l'interruption.

Il fit semblant de lire pendant un moment, question de reprendre ses esprits et de se faire oublier des curieux qui venaient de le dévisager, avant de souffler, entre ses dents :

— On n'emmène pas quelqu'un à la lecture du testament d'un homme qui n'est même pas mort…

Monsieur Cartwright resta impassible.

— Et ne me dites pas que mon père n'est pas un homme. Enfin… pas un homme comme les autres. Vous ne m'apprendrez rien. Vous m'aviez dit que mon père biologique était mort. Vous m'avez menti.

— Je vous ai menti, répéta Cartwright sans broncher.

Décontenancé, Milos demeura coi un moment avant de demander :

— C'est tout ce que vous avez à dire ?

Encore une fois, Cartwright garda le silence.

— Incroyable !

Milos secoua son magazine pour indiquer clairement à son voisin que la conversation était terminée. Il n'avait plus rien à dire.

Après plus d'une heure de silence complet, Cartwright ouvrit la bouche.

— Qu'avez-vous décidé au sujet de la proposition de votre père ?

— Je vous ignore.

— Vous ne pourrez pas ignorer la proposition de votre père.

— Ça ne vous regarde pas.

— C'est vrai.

Le ton raisonnable et posé de Cartwright tombait royalement sur les nerfs de Milos qui aurait voulu crier, hurler, se défouler. Un avion n'était cependant pas l'endroit idéal pour piquer une colère et il le savait très bien. Il se retenait de toutes ses forces pour ne pas éclater. Il avait l'impression que Cartwright l'avait trahi, qu'il lui avait joué le pire des tours que l'on pouvait jouer à quelqu'un.

— Vous ne cessez de me regarder, dit Milos avec ironie.

— C'est vrai.

Le jeune homme soupira encore, contrarié.

— Comment se fait-il que vous soyez sur le même vol que moi ? Comment avez-vous su que j'avais dû changer mon billet ?

Cartwright ne répondit pas à Milos, sachant que ce dernier, en posant la question, trouverait lui-même la réponse. Quelques secondes plus tard, Milos poussa un petit soupir entendu. Cartwright avait eu raison.

Frustré, Milos adopta le silence une fois de plus et replongea dans sa lecture.

†

En atterrissant à l'aéroport La Guardia de New York, Milos n'en pouvait plus d'être seul sans être seul. Par orgueil, il avait décidé de ne plus adresser la parole à monsieur Cartwright. Ce silence avait pesé lourd sur lui pendant le reste du vol vers Londres et pendant toute la durée du trajet Londres – New York. Il était pourtant un habitué de l'avion et avait connu toutes sortes de voisins pendant ses nombreux vols. Il avait volé avec des gens qu'il connaissait, avec des inconnus avec lesquels il avait amorcé une conversation, avec des inconnus qui avaient eux-mêmes ouvert la discussion – parfois passionnante, parfois mortellement ennuyeuse. Il avait également voyagé avec des inconnus à qui il n'avait même pas dit un mot, de qui il ne savait même pas, à l'atterrissage, la langue maternelle ! Mais ce voyage en compagnie de quelqu'un qu'il connaissait mais à qui il avait choisi volontairement de ne pas parler était le plus pénible de tous. Surtout qu'il s'agissait de longs vols !

— C'est ici que je vous quitte, annonça Cartwright en arrivant près de la limousine qui attendait Milos devant l'aéroport de l'arrondissement de Queens.

— Déjà ? répondit Milos avec cynisme. Comme c'est triste ! Vous êtes de compagnie si agréable.

Cartwright sourit et ouvrit la portière de la limousine pour Milos avant que celui-ci ne demande froidement :

— Et mes valises ?

— Elles sont déjà dans le coffre de la voiture.

Milos ne put s'empêcher d'afficher un air impressionné. Décidément, il n'avait jamais reçu un si bon service dans les aéroports. Il n'était pas désagréable d'être le fils de Dracula… Mais peut-être était-ce tout simplement la magie de l'argent qui opérait ?

— Bonne journée, monsieur Milos, conclut Cartwright avant de refermer la portière.

Milos prit place sur une banquette de la longue voiture noire et se passa la réflexion qu'il avait pris plus de limousines en une semaine que durant toute sa vie.

— Bonjour, Milos, fit une voix féminine sensuelle et amusée.

Le jeune homme posa les yeux sur sa voisine et sourit, émerveillé.

— Mila…

— Tu vas bien, mon chéri ?

Milos ne put répondre, perdu dans les yeux de la déesse qui l'avait accompagné au château de son père dans les Carpates et qui était mystérieusement disparue après l'avoir fait descendre de sa voiture sport. Il était bouche bée, à la fois surpris et ravi de la retrouver. Elle était encore plus jolie que dans ses souvenirs. Ses longs cheveux noirs cascadaient sur ses petits seins laiteux qui ressortaient coquinement, mais convenablement, du décolleté d'une nouvelle robe rouge (décidément, cette couleur lui allait à ravir !). Le vêtement épousait des courbes délicieuses et se resserrait sur des cuisses qui auraient fait l'envie des plongeuses olympiques. Le regard de Milos s'arrêta sur les genoux de la jeune femme avant qu'il puisse balbutier :

— Je… Mais… où étais-tu passée ?

Mila sourit tendrement et passa ses doigts dans les cheveux de Milos.

— Je n'étais pas loin.

— Comment, tu n'étais pas loin ? Qu'est-ce que tu fais à New York ? La dernière fois que je t'ai vue, tu…

Mila caressa sensuellement le cou de Milos. Ce dernier se permit de frôler la peau douce du bras et de l'épaule de sa compagne.

— J'étais en sol roumain, oui, je sais. Mais je voulais être là pour ton retour. Je voulais t'accompagner jusque chez toi.

Comblé et de plus en plus excité, Milos choisit de ne plus poser de question. De toute façon, à quoi bon, après tout ? Mila était plus entreprenante que la dernière fois qu'ils s'étaient vus, mais elle serait sans doute aussi évasive.

— Alors ? Tu as fait un bon voyage ?

Bien malgré lui, Milos éclata de rire comme s'il devait évacuer toutes les questions sans réponse, tous les mystères agaçants, toutes les décisions qu'il serait forcé de prendre dans les prochaines heures, les prochains jours.

— Je n'ai pas besoin de te le dire, à toi, Mila !

Cette dernière sourit encore tendrement et, pendant que Milos laissait la somptueuse femme aux cheveux d'ébène parcourir sa chevelure et son cou de ses doigts agiles, la voiture démarra.

— As-tu l'intention d'accepter la proposition de ton père ? souffla-t-elle sensuellement à son oreille.

Les yeux du jeune homme s'ouvrirent comme si l'on venait de lui jeter un seau d'eau froide au visage.

— Ah non, pas toi aussi! Qu'est-ce que vous avez tous à ne me parler que de ça? C'est une obsession!

Mila recula, freinée par le ton belliqueux de Milos. Ce dernier réalisa qu'il n'avait pas été doux et que la curiosité de la jeune femme était compréhensible.

— Je ne veux pas te bousculer, mon chéri. Je te pose la question parce que…

Milos l'interrompit sur un ton plus conciliant mais qui laissait percevoir une certaine résignation:

— … parce que tu travailles pour mon père.

Mila rectifia nébuleusement.

— Enfin… c'est une façon de parler.

Milos inspira profondément et, agacé par cette formule utilisée également par Cartwright, il poussa un rugissement qui amusa et troubla Mila tout à la fois.

— Qu'est-ce qu'il y a?

— Rien, rien. Excuse-moi. Ça va.

Il se tourna vers la vitre teintée comme si la magie était brisée. La limousine doublait un nombre effarant de voitures en très peu de temps. Le chauffeur n'avait-il pas peur de se faire pincer par la police s'il ne respectait pas les limites de vitesse? Tout à coup, Milos aperçut une jeune conductrice blonde qui ressemblait étrangement à Océane au volant d'une hybride bleu marine. Son cœur se mit à battre la chamade. Océane au volant d'une voiture? Pourtant, à sa connaissance, elle ne conduisait pas… La jeune femme se tourna vers la limousine et Milos réalisa qu'elle n'avait que la chevelure en commun avec son amoureuse. Ce fut cependant suffisant pour éveiller en lui des souvenirs…

— Est-ce que tu souhaites devenir un vampire? demanda Mila à brûle-pourpoint.

Milos ferma les yeux, inspira profondément et se tourna une fois de plus vers son interlocutrice. Comme il avait hâte de retrouver Océane, mais comme sa vie allait devenir compliquée dans les prochains jours!

— Mais bien sûr que je souhaite devenir un vampire! avoua-t-il. Qui ne souhaiterait pas avoir la vie éternelle, la fortune de mon père, les pouvoirs qui viennent avec ce statut?

Les yeux de Mila s'illuminèrent et sa respiration devint haletante, comme celle d'une enfant à qui l'on vient de promettre mer et monde. Mila n'avait cependant rien d'une gamine et Milos remarqua que l'excitation de sa déesse faisait onduler la poitrine qu'il avait tant convoitée quelques jours auparavant à Bucarest. Cette image affriolante lui fit perdre la tête. Mila le regardait avec une intensité qui fit monter la température dans la voiture et Milos se sentit désiré comme il ne l'avait jamais été auparavant.

— Tu as fait le bon choix, Milos.

La jeune femme s'approcha amoureusement de lui et déposa ses lèvres chaudes sur la bouche du garçon sans qu'ils se quittent des yeux. Milos, qui avait l'habitude de fermer les yeux lorsqu'il embrassait une fille (un ami, de trois ans son aîné, lui avait dit, lorsqu'il n'avait que huit ans et qu'il s'apprêtait à embrasser une compagne de classe pour la première fois, qu'il ne fallait jamais garder les yeux ouverts lorsqu'on embrassait parce qu'on risquait de ressembler à une barbotte fraîchement pêchée!), comprit que, cette fois, il devait faire exception à la règle.

Ils partagèrent un baiser sensuel et électrique dans lequel Mila perçut ce qu'il lui fallait pour passer à la prochaine étape. Milos était prêt à entrer dans la cohorte. De plus en plus excitée et passionnée, elle cessa néanmoins d'embrasser Milos pour lui demander :

— Tu es certain que c'est ce que tu veux, mon beau ?

Milos, emporté par la passion, acquiesça. Mila inspira profondément, gonflant sa poitrine, avant d'embrasser fougueusement Milos qui s'abandonna de nouveau. Leurs mains partirent à l'aventure sur le corps de l'autre, caressant parfois doucement, parfois plus intensément, chaque courbe, chaque muscle, chaque centimètre de peau ou de tissu.

— Merci pour ce cadeau que tu me fais, haleta Mila en chevauchant le fils du grand maître et en léchant goulûment son cou.

Lorsque la jeune femme agrippa Milos passionnément par les cheveux et qu'elle replongea ses yeux une dernière fois dans les siens, le jeune homme comprit qu'ils n'allaient pas faire l'amour. Il n'eut qu'une seconde pour réaliser qu'il n'avait pas saisi les non-dits de sa déesse et que, s'il ne parlait pas tout de suite, le cours de sa vie serait changé à tout jamais.

Le regard surpris et terrorisé de Milos s'estompa graduellement et le jeune homme, fils de Vlad Tepes, dit le comte Dracula, au comble de l'excitation, au bord du précipice de l'extase, offrit son cou à Mila en cambrant ses reins comme s'il s'apprêtait à vivre l'orgasme le plus puissant de sa jeune vie.

Mila plongea ses dents dans le cou de Milos, là où elle venait tout juste de lécher.

CHAPITRE 5

Bucarest – Dublin – Killester, 18 octobre

— Tu ne pensais quand même pas que je te laisserais faire le voyage de retour toute seule ? souffla monsieur Bradley à une Elizabeth complètement éberluée.

La jeune femme ne savait plus si elle rêvait ou si l'homme de main de son père biologique était vraiment là, devant elle, au milieu de l'aéroport de Bucarest.

— Alors je ne prends pas l'avion ? dit-elle enfin, excitée. Vous… c'est vous qui m'emmènerez dans les airs comme la dernière fois ?

— Tu serais beaucoup plus lourde à transporter que la dernière fois…

Insultée, Elizabeth fronça les sourcils et poussa un «QUOI ?» aigu et agressif.

Monsieur Bradley sourit et jeta un œil sur les nombreux sacs et valises qui entouraient la jeune femme. Elizabeth baissa les yeux et éclata de rire.

— Ah oui, mes bagages! C'est vrai. Je pensais que vous trouviez que j'avais trop mangé pendant que j'étais au château. C'est vrai aussi, mais ce ne serait pas nécessaire de le dire.

Monsieur Bradley sourit à nouveau.

— Non, cette fois, je t'accompagne dans un vol plus… traditionnel.

Elizabeth tenta tant bien que mal de masquer sa déception. Elle se rappelait avec un bonheur incommensurable le vol Killester – Transylvanie qu'elle avait fait dans les bras de monsieur Bradley quelques jours auparavant. Ce voyage fantastique resterait gravé dans sa mémoire comme l'un des moments les plus mémorables de sa vie.

— Ce sera un peu moins… spectaculaire, disons, ajouta monsieur Bradley.

— Et pas mal plus long, compléta Elizabeth.

Monsieur Bradley se contenta de hausser les épaules.

†

Lorsque Elizabeth eut récupéré ses bagages à l'aéroport de Dublin, elle se tourna vers monsieur Bradley. Paniquée à l'idée de transporter elle-même tous les biens qu'on lui avait offerts au château de son père, elle s'exclama :

— Et j'apporte mes bagages comment jusqu'à Killester ? Et quelles explications dois-je fournir à mes parents concernant tous ces nouveaux vêtements ?

Monsieur Bradley, toujours aussi stoïque, sourit encore.

— Tu vas rentrer à Killester de la même façon que tu devais la quitter, le fameux soir où je t'ai…

— … kidnappée, enlevée, séquestrée ? suggéra Elizabeth, s'amusant à multiplier les participes passés les plus mélodramatiques.

— Je préfère… emmenée, corrigea monsieur Bradley avec un sourire en coin, tirant un papier d'une des poches intérieures de son long imperméable noir. Voici ton billet de train. Tu descendras à la gare de Killester, là où tu devais retrouver Rick ce fameux soir. Tu te souviens ?

Si elle se souvenait ? Et comment ! La vie serait-elle aussi simple ? Elle n'aurait qu'à descendre à la gare de Killester et tout reprendrait comme avant avec Rick, comme si on avait seulement mis le film de sa vie sur pause pendant quelques jours ?

Ah, pourvu que Rick ne lui en veuille pas trop d'être partie sans l'avertir. Pourvu que ses parents aient communiqué avec lui pour lui dire qu'elle rentrerait bientôt, qu'il ne fallait pas s'inquiéter, qu'elle explique-rait tout… et qu'il ne fallait pas lui en vouloir. Enfin, ça, elle ne l'avait pas dit, mais elle souhaitait tellement que ça ait été sous-entendu.

Elizabeth jeta encore une fois un regard aux valises et aux sacs lourds qui jonchaient le sol autour d'elle.

— Et toutes ces choses, je les range où à Killester ?

Monsieur Bradley plongea la main dans une autre des innombrables poches de son trench.

— Un grand casier de rangement temporaire t'est réservé à la gare, répondit-il en tendant une clé à sa jeune protégée. Tu pourras y mettre tout ce que tu veux pour le temps qu'il faudra.

Elizabeth ouvrit les yeux tout grands en prenant l'étrange petite clé.

— Vous avez vraiment pensé à tout, hein? Incroyable! Et vous?

Monsieur Bradley sourit.

— Non. Moi, tu ne peux pas m'entreposer dans le casier.

Elizabeth éclata de rire, visualisant cet homme si grand plié en quatre dans un tout petit casier comme celui qu'elle avait à St. Mary's Secondary School! C'était la première fois que monsieur Bradley la faisait vraiment rire. Bien qu'elle ait toujours senti une belle complicité avec lui, il demeurait néanmoins austère et sévère. C'est pourquoi elle venait de se laisser surprendre par son humour.

— Je veux dire... euh... Est-ce que vous prenez le train avec moi jusqu'à Killester?

Monsieur Bradley pressa ses lèvres exsangues ensemble en une moue déçue.

— Non. Je reste ici. Mais tu pourras toujours compter sur moi. Je serai toujours là pour toi, comme...

— Une fée marraine ? tenta Elizabeth en l'interrompant.

Monsieur Bradley fronça les sourcils.

— Un ange gardien ? essaya à nouveau la jeune femme.

Encore une fois, monsieur Bradley eut un air désapprobateur.

— Je n'ai rien d'un ange, énonça-t-il néanmoins gentiment.

Elizabeth lui lança un regard qui réchauffa son cœur. L'homme avait compris qu'elle appréciait quand même beaucoup sa présence et qu'elle ne le jugeait pas avec la même morale que la majorité des humains.

— Bon voyage, mademoiselle Elizabeth.

†

Quelques minutes plus tard, l'adolescente monta à bord d'un taxi qui la mena à la gare de Dublin où elle prit le train pour Killester. Durant tout le voyage, pendant que défilaient les paysages irlandais qu'elle connaissait si bien, elle réfléchissait à ce qui l'attendait à son arrivée à destination.

Irait-elle tout de suite voir ses parents ? Tenterait-elle d'abord de contacter Rick ? Et Samantha ? Sa meilleure amie devait bien se demander où elle était passée, elle aussi. Ses parents, Rick, Samantha… Ses parents qui lui avaient menti toute sa vie en prétendant qu'elle était leur enfant biologique, leur fille de chair et de sang… Pourquoi ne pas lui avoir dit la vérité lorsqu'elle avait posé la question, convaincue qu'elle n'avait rien en commun avec eux qu'elle aimait sincèrement mais qui étaient trop différents pour qu'elle soit issue de leur union? Avaient-ils voulu la protéger, la ménager? Ils ne savaient pas qu'elle était la fille de Dracula, tout de même? Et elle? Que leur dirait-elle? Toute la vérité ou une partie seulement? Leur tricoterait-elle une fiction passionnante pour tout leur cacher?

Rick… Son prénom ne faisait que passer dans son cerveau et elle frissonnait de bonheur. Était-ce ça, l'amour? Ce serait trop simple. Trop… film américain cucul la praline, voyons! Un coup de foudre à l'eau de rose? Très peu pour elle! Non. Ne serait-ce que pour la forme, elle éviterait à tout prix d'aller trop vite avec Rick. Pas de scène d'amoureux enlacés, à dos de cheval blanc, les cheveux au vent avec *Love is a many-splendored thing* qui gonfle les haut-parleurs de la salle de cinéma!

Rick… le prénom du personnage principal de *Casablanca* incarné par Humphrey Bogart. Son Rick à elle avec un chapeau de grand ténébreux et un imperméable poussiéreux? Image ridicule à chasser du cerveau. Et Humphrey Bogart ressemblait trop à monsieur Bradley, de surcroît!

— *Your ticket, miss.*

Elizabeth fut tirée de sa rêverie par le contrôleur qui lui demandait son billet. Elle le tendit au petit homme bedonnant qui le lui remit après l'avoir vérifié, satisfait.

Quelques minutes plus tard, la jeune femme descendait du vaisseau ferroviaire à Killester, la petite banlieue de Dublin où elle vivait depuis sa naissance. Ou plutôt… depuis son adoption par Molly O'Neil et

Patrick Gurney. Elle reconnut les odeurs qui avaient bercé son enfance. Bien qu'elle eût toujours rêvé de fuir cette petite ville où il ne se passait que trop peu de choses – surtout la nuit! –, Elizabeth se sentit rassurée, rassérénée.

Elle trouva avec une facilité désarmante le casier que monsieur Bradley lui avait réservé. En fait, était-ce vraiment lui qui l'avait réservé? Comment le savoir? Et quelle importance cela pouvait-il avoir?

Elle engouffra ses bagages dans le casier et fourra la clé dans la poche de son blouson. Elle reviendrait chercher ses effets en temps opportun. Quand elle aurait enfin les idées claires. Quand elle saurait une fois pour toutes la direction qu'allait prendre sa vie maintenant que tout était chamboulé.

Après s'être appuyée contre la porte du casier, Elizabeth ferma les yeux et inspira profondément. En expirant, elle comprit que son premier arrêt devait être chez Graham O'Sullivan, le restaurant familial du Castle Shopping Centre à Artane, non loin de Killester, où Rick travaillait à temps partiel. S'y trouvait-il cet après-midi? Il lui fallait tenter le coup.

†

Elizabeth aimait marcher. Elle avait l'habitude de marcher. Elle préférait voler, bien sûr, mais elle devait respecter ses limites… pour le moment.

Lorsqu'elle arriva devant chez Graham O'Sullivan, Elizabeth tenta de jeter un regard discret à l'intérieur de l'établissement. Elle espérait que Rick serait là, mais du même coup elle avait *peur* qu'il soit là. Avait-elle vraiment décidé ce qu'elle allait lui dire ? Aurait-elle le courage d'entrer ? Comment lui expliquerait-elle son absence ?

Après quelques minutes à tenter tant bien que mal d'épier clients et employés du restaurant, Elizabeth aperçut Rick qui sortait de la cuisine avec un plateau de nourriture. Il était là ! Voulait-elle qu'il la voie ? Elle eut un mouvement de recul. Peut-être lui en voulait-il à mort de l'avoir planté là, à la gare, ce fameux soir ?

Envahie par la peur de l'affrontement, Elizabeth décida qu'elle n'était pas prête. Elle devait partir. Elle jeta un dernier regard au beau jeune homme qui avait envahi sa tête et son cœur. Celui-ci, après avoir déposé les assiettes de ses clients, tourna les yeux vers la vitrine. Elizabeth lui sembla une apparition.

La jeune fille inspira profondément, comme si on l'avait prise en flagrant délit.

— Ah non ! Il m'a vue ! Il m'a vue !

S'apprêtant à tourner les talons pour s'enfuir, elle lut sur les lèvres de Rick :

— E-LI-ZA-BETH !

Le jeune homme accourait vers la porte d'entrée du restaurant. Elle ne pouvait partir. Ça aurait été trop ridicule, trop cruel, trop... quoi encore ?

Dans son élan, Rick poussa la porte si fort qu'Elizabeth crut un moment qu'elle allait se décrocher de ses pentures.

— Elizabeth! dit Rick en arrivant devant la jeune femme, haletant et souriant. Tu es revenue…

Elizabeth lui sourit à son tour, émue. Rick avait envie de l'enlacer, de l'embrasser, de la serrer dans ses bras à l'étouffer, mais quelque chose le retenait. Après un court silence, Elizabeth décida de prendre les devants et esquissa un petit geste de rapprochement vers lui, mais l'attitude de Rick changea subitement. Il évita le toucher, se rappelant la peur et la colère qu'il avait éprouvées depuis le départ de celle qui l'avait abandonné.

Les yeux du jeune homme s'assombrirent.

— Tu m'as laissé là, sans explication…

Elizabeth comprit que c'était l'heure des comptes.

— Oui, mais j'ai appelé mes parents pour leur dire que j'allais bien. Je leur avais demandé de t'appeler pour te rassurer parce que… je tiens à toi. Je… t'aime.

Ouf! Elle l'avait dit en le regardant dans les yeux. Ce n'était pas la même chose que de le dire au téléphone ou en clavardant.

Rick se rappela l'assaut dont il avait été victime quand il s'était rendu chez Elizabeth, cherchant à comprendre où elle était passée, et il n'entendit pas la fin de la phrase de son interlocutrice.

— Tes parents ne m'ont rien dit. Ton père m'a accusé d'être responsable de ta disparition.

Les yeux d'Elizabeth s'écarquillèrent. Elle n'avait pas prévu cette éventualité. Mais n'était-il pas normal que son père, si droit, si sérieux, si sévère, si... ordinaire, accuse le jeune *bum*, délinquant, marginal et responsable de la corruption de sa fille, de la disparition de cette dernière ? C'était typique.

— Je lui parlerai. Je leur parlerai. Ils t'accepteront, je te le promets.

Elizabeth se rendit compte qu'elle était prête à dire n'importe quoi pour convaincre Rick de lui pardonner son absence, mais qu'elle aurait un travail colossal à faire pour réaliser sa promesse. Elle ne pouvait s'empêcher d'être terriblement déçue de son père. Elle aurait tant souhaité que l'amour qu'ils partageaient, elle et lui, soit suffisant pour qu'il mette de l'eau dans son vin et qu'il accepte – un tant soit peu – ses décisions.

— Mais où étais-tu tout ce temps-là ? demanda le jeune homme à brûle-pourpoint.

La question était si simple et si complexe à la fois... Les derniers jours défilèrent à la vitesse de l'éclair dans la mémoire d'Elizabeth et la jeune femme ne put que balbutier :

— Par où commencer ?

Impatient, Rick se braqua aussitôt :

— Si tu ne veux pas me le dire, c'est correct. Je comprends.

Il tourna les talons pour retourner au travail.

— Non, attends ! dit Elizabeth en prenant le bras du garçon pour le retenir. Je vais tout te dire... en commençant par «Je t'aime».

Rick plongea son regard dans celui d'Elizabeth en faisant de grands efforts pour demeurer impassible. La jeune femme n'allait pas s'en tirer aussi facilement… même si ses derniers mots l'emplissaient secrètement d'un bonheur qu'il n'avait pas éprouvé souvent dans sa vie.

Elizabeth inspira profondément et entreprit le récit des derniers jours. Elle lui raconta rapidement, avec une respiration hachurée, parce qu'elle était consciente que le jeune homme devait retourner au travail, tous les détails de son incroyable périple. L'annonce qu'elle avait été adoptée et qu'elle était en réalité la fille biologique du comte Dracula – oui, oui, celui-là même qu'on a transformé en personnage de fiction –; l'enlèvement par monsieur Bradley devenu, en quelque sorte, un départ volontaire par la suite; l'arrivée au château dans les Carpates; la rencontre avec madame Popescu, les domestiques, son demi-frère et sa demi-sœur dont elle ignorait jusque-là l'existence; la lecture du testament; la révélation qu'elle devait devenir elle-même vampire, entrer dans la cohorte et faire entrer six recrues dans la famille vampirique si elle voulait toucher le tiers de l'héritage évalué à 100 millions d'euros en biens, en propriétés et en lingots d'or… entre autres!

Pendant tout le compte rendu, Rick demeura placide. Lorsque Elizabeth eut terminé, elle se permit un petit silence pour inspirer et elle demanda:

— Comprends-tu maintenant?

Un autre court silence tomba entre eux avant que Rick ne dise:

— Écoute, tu n'es pas obligée d'inventer des histoires sans queue ni tête pour te justifier. Si tu ne m'aimes pas, tu n'as qu'à le dire.

Le jeune homme tourna les talons et entra dans le restaurant, laissant Elizabeth bouche bée.

CHAPITRE 6

Bucarest – Montréal – Québec, 18 octobre

— Vous voyagez seule, mademoiselle? demanda l'agent de bord à Sarah lorsqu'elle monta dans l'appareil et présenta son billet.

Avant que la jeune fille puisse répondre, une voix caverneuse fit, derrière elle:

— Non. Elle est avec moi.

L'agent de bord sourit, rassuré. Sarah se tourna et se trouva nez à nez avec monsieur Dumitru qui lui fit un petit clin d'œil.

Spontanément, Sarah leva les yeux au ciel et soupira:

— Pas encore vous!

L'employé de la compagnie aérienne fronça les sourcils et eut un petit rire, mettant l'attitude de Sarah sur le compte de la crise d'adolescence. Il indiqua ensuite aux deux passagers leurs sièges qui, au grand désespoir de Sarah, étaient côte à côte.

— Vous êtes comme un chien de poche, lança Sarah discrètement à monsieur Dumitru, après s'être installée dans son siège.

— C'est l'influence de votre grand frère et de votre grande sœur qui vous a rendue si impolie ? demanda son interlocuteur, avec l'autorité d'un directeur d'école.

Sarah avala sa salive. Elle n'avait pas peur de monsieur Dumitru, mais son commentaire la fit néanmoins réfléchir. Elle repassa ses dernières conversations avec l'homme dans sa tête.

— Je n'ai jamais été très polie avec vous, avoua-t-elle, penaude. Je suis désolée. J'imagine que ce n'est pas votre faute, tout ce qui m'arrive ? En fait, c'est certain que ce n'est pas votre faute.

Sarah sentit monsieur Dumitru se détendre. Elle décida de laisser tomber les armes.

— Je vous demande pardon.

Monsieur Dumitru se contenta d'émettre un petit grognement de satisfaction.

— Mais vous avouerez que c'est dur à avaler, tout ça, reprit Sarah de plus belle.

Son compagnon de voyage émit encore un petit son que Sarah ne sut comment interpréter. Il était d'accord avec elle ou non ? Il la comprenait ou il était indifférent ? Il compatissait ou il n'en avait rien à cirer ?

— C'est tout ce que vous allez dire ? demanda-t-elle après un court silence.

Cette fois, monsieur Dumitru demeura coi.

— Vous ne trouvez pas que j'ai assez de choses nouvelles dans ma vie auxquelles je dois m'adapter sans, en plus, être obligée de devenir un vampire ? Je viens de commencer le secondaire, je dois m'habituer à une nouvelle école, j'entre dans l'adolescence avec tout ce que ça comporte de changements physiques et psychologiques, et en plus, il faudrait que je devienne un vampire ? C'est malade, et pas dans le bon sens !

Encore une fois, monsieur Dumitru demeura muet.

Impatiente, Sarah poursuivit, frondeuse et cynique :

— Est-ce que vous avez le *droit* de parler ? Avez-vous reçu une consigne du grand maître qui vous interdit de communiquer avec moi ?

— Mais non. J'ai le droit de communiquer avec vous, mademoiselle Sarah.

— Ça ne paraît pas !

Sarah attendit que monsieur Dumitru lui parle mais, encore une fois, l'homme de main du comte Dracula garda le silence.

— Est-ce que vous me parlez, là ? Êtes-vous en train de me transmettre des messages télépathiques ? Parce que je ne les entends pas.

Monsieur Dumitru esquissa un sourire.

— Éventuellement, vous les comprendrez.

— Quand je serai un vampire, c'est ça ? Mais je ne veux pas devenir un vampire, m'entendez-vous ?

Sarah avait haussé le ton, ce qui fit tourner la tête de certains passagers. Elle rougit, inquiète de passer pour une folle avec ses histoires de vampires. Elle soupira d'impatience. Ce qu'elle aurait aimé crier, hurler, vociférer contre son père biologique et la situation aberrante dans laquelle elle se trouvait!

— Je le sais. Je n'aurai pas le choix.

Frustrée que monsieur Dumitru ne l'aide pas davantage dans sa réflexion mais trop orgueilleuse pour lui demander son aide, elle opta pour la bouderie. Sans plus de cérémonie, elle étira son bras pour saisir un magazine qui se trouvait dans la pochette derrière le siège devant elle. Elle le feuilleta agressivement pour faire comprendre à monsieur Dumitru qu'elle n'était pas fière de lui!

Ce lourd silence pesait sur Sarah et lui tombait sur les nerfs. Elle poussa quelques soupirs d'impatience dans l'espoir de provoquer son compagnon de voyage, mais rien n'y fit. Monsieur Dumitru se contentait parfaitement de ce silence.

Pendant quelques heures, la jeune fille lut des articles qui ne l'intéressaient pas vraiment et qui, souvent, dépassaient son niveau de compréhension. Comme elle regrettait de ne pas avoir emprunté des livres de la vaste bibliothèque de son père biologique!

Certains des articles étaient si ennuyeux qu'elle devait combattre le sommeil, ses yeux se fermant sans cesse. «Pas surprenant avec la nuit que je viens de passer avec Elizabeth!» songea-t-elle. Elle appuya sa tête contre son siège et se repassa mentalement ces beaux moments en souriant. Bien sûr, il y avait beaucoup d'inconvénients – quel euphémisme! – dans cette nouvelle vie qui lui était imposée, mais comment pourrait-elle regretter sa complicité avec sa sœur, sa rencontre avec son frère si gentil, si protecteur, si… taquin!

Les yeux de Sarah se fermèrent. Le magazine glissa de ses mains et elle sombra dans un sommeil profond, son corps venant de lui transmettre le message qu'il avait besoin de récupérer.

Sarah rêva au bal costumé qu'organisait le Petit Séminaire pour l'Halloween. Finalement, elle avait décidé de se déguiser en princesse et avait choisi Blanche-Neige – sa préférée lorsqu'elle était petite – en espérant que Simon aurait capté son message télépathique et qu'il se serait déguisé en prince. Le soir du bal, elle entrait dans le gymnase du Petit Séminaire, décoré de toiles d'araignées, de crânes, de chauves-souris, de cercueils, de draperies et de chats noirs, et partait à la recherche de Simon. Tous les étudiants la regardaient comme si elle avait été une extraterrestre, un étrange insecte. Ils étaient tous déguisés en vampires et en goules!

— Simon? appelait Sarah au milieu de la foule. Jolane? Où êtes-vous?

Autour d'elle ne résonnait que des rires sinistres et méchants.

— Moi, je suis une princesse! disait Sarah sur un ton trop enfantin et avec un sourire innocent aux lèvres.

Les rires se multipliaient.

— Simon? Veux-tu être mon prince charmant?

Quelqu'un tapota son épaule et Sarah se retourna en sursautant.

— Ton prince charmant? Je suis le prince des vampires!

Les rires de Simon et de Jolane se joignaient à ceux des autres étudiants qui s'amplifiaient jusqu'à devenir assourdissants. Tout à coup, un projecteur de poursuite isolait Sarah au milieu du plancher de danse, et la jeune fille se retrouvait entourée de vampires menaçants qui s'approchaient d'elle en la montrant du doigt et en scandant:

— VA-T'EN, BLANCHE-NEIGE! VA-T'EN, BLANCHE-NEIGE!

Certains des vampires ajoutaient:

— TU N'EXISTES MÊME PAS!

Soudain, Jolane apparaissait derrière Sarah et lui soufflait à l'oreille:

— Veux-tu devenir un vampire comme nous, Blanche-Neige?

— Jolane?

L'amie de Sarah avait les yeux exorbités et rougis. Son visage était pâle à faire peur. Ses lèvres étaient écarlates et son sourire étrange laissait voir ses canines exagérément longues.

— Appelle-moi maîtresse Jolane, Blanche-Neige, susurra l'inquiétante créature.

Confuse, Sarah fronça les sourcils :

— Mais je ne suis pas Blanche-Neige, Jolane ! C'est juste un déguisement. C'est moi… Sarah !

— Veux-tu devenir… Neige-Noire ? enchaîna Jolane comme si elle n'avait rien entendu.

Plusieurs des vampires se mirent à rire, enthousiasmés à l'idée de faire entrer Blanche-Neige dans la troublante cohorte.

— NEIGE-NOIRE ! NEIGE-NOIRE ! scandèrent ceux qui étaient les plus près.

Plus il s'approchait, plus le chœur des vampires chuchotait. Bientôt, Sarah eut l'impression de ne plus pouvoir respirer tant la cohorte de vampires étudiants était proche. Ne sachant plus quoi faire, elle s'exclama :

— JE VAIS LE DIRE À MON PÈRE !

Cette phrase terriblement enfantine que Sarah avait lancée pour faire fuir ses assaillants eut l'effet contraire. Les vampires se mirent à rire de plus belle, convaincus que le comte Dracula applaudirait leurs actions plutôt que de les condamner.

— LAISSEZ-MOI TRANQUILLE ! JE NE VEUX PAS ÊTRE UN VAMPIRE, BON !

Sarah se réveilla en sursaut. Monsieur Dumitru se tourna vers elle.

— Vous avez bien dormi ? demanda-t-il calmement à Sarah.

†

En atterrissant à Montréal, monsieur Dumitru et Sarah furent rapidement escortés à une limousine semblable à celle qui les avait transportés de Québec à Montréal deux jours plus tôt. D'ailleurs, c'était peut-être la même!

Sarah avait réussi à garder le silence pendant tout le reste du vol après son cauchemar. Elle n'en était pas peu fière puisqu'elle n'avait pas l'habitude de demeurer muette très longtemps. Pour elle, tenir sa langue était toujours un exploit.

Monsieur Dumitru ne fut donc pas surpris lorsque, dès que la limousine se fut mise en route vers la Vieille Capitale, Sarah éclata:

— Comment je vais expliquer mon absence à mes parents? Hein? Ils vont me bombarder de questions à mon arrivée. Je leur dis la vérité? Que je suis la fille de Dracula, que je dois devenir un vampire et que je dois boire le sang de six autres personnes pour les transformer en vampires eux aussi? On dirait un scénario de film farfelu! Ils ne me croiront jamais, surtout que je demande toujours mon bœuf bien cuit! Et si j'invente un mensonge, je vais m'embrouiller dans les détails et ils vont découvrir que je mens. Vous m'avez mis dans de beaux draps, franchement!

Égal à lui-même, monsieur Dumitru se contenta de sourire et ne répliqua pas.

— Je parle pour rien, finalement! ajouta Sarah, exaspérée.

Dumitru tourna la tête vers la vitre teintée.

— C'est bien ce que je pensais! renchérit la jeune fille.

Plus la limousine s'approchait de Québec, plus Sarah sentait l'urgence de trouver des réponses à ses questions. Après tout, il *fallait* rendre des comptes à ses parents. Il *fallait* expliquer ce qui lui était arrivé.

— Alors, qui va m'aider si ce n'est pas vous? tenta-t-elle encore une fois.

Monsieur Dumitru se tourna vers Sarah et lui sourit sereinement en disant:

— La situation est beaucoup moins compliquée qu'elle n'en a l'air, mademoiselle Sarah. C'est vous qui la compliquez en retournant à Québec. Si vous aviez choisi de saisir sur-le-champ votre nouvelle vie, votre *vraie* vie… si vous aviez choisi de laisser derrière cette *fausse* vie que vous vous acharnez à regagner, tout aurait été si simple.

La mâchoire de Sarah tomba. Premièrement, elle ne croyait pas ce qu'elle venait d'entendre. Deuxièmement, elle n'avait jamais entendu monsieur Dumitru parler si longtemps!

— Incroyable! C'est tellement une réponse de gars, ça! Avec vous, tout est toujours si simple, non?

— Ce n'est pas moi qui le dis…

Sarah répliqua avec vigueur:

— Mais j'ai une famille!

— Vous parlez de votre *fausse* famille?

— J'ai une vie !

— Vous parlez de votre *fausse* vie ?

— Arrêtez ! C'est ma vraie vie et ma vraie famille, même si c'est ma famille… adoptive !

Monsieur Dumitru sourit avec compassion pour la première fois.

— Vous viviez sur du temps emprunté chez les Lachance-Duvall. Votre vraie vie est celle qui vous attend maintenant. Vous ne pouvez pas y échapper.

Sarah poussa un profond soupir d'exaspération parce qu'elle savait que monsieur Dumitru disait vrai.

†

Lorsque la limousine passa la porte Saint-Jean du Vieux-Québec, Sarah jeta un œil à sa montre.

— Il est seize heures trente. Est-ce l'heure du Québec ? demanda-t-elle à monsieur Dumitru.

— C'est exact, répondit-il.

Sarah eut subitement l'impression qu'elle avait des papillons dans le ventre.

— Où allez-vous me déposer ?

— C'est votre choix. Je peux même vous ramener en Roumanie.

Sarah fronça les sourcils et fit une moue découragée.

— Très drôle.

— Alors on vous dépose devant votre *fausse* maison?

— Arrêtez de dire ça, bon! Non. Ne me laissez pas devant chez mes parents. Ils sont peut-être là et… je ne suis pas prête à les affronter encore.

— On peut vous déposer devant votre école?

Sarah faillit s'étouffer.

— Non mais, ça va pas la tête? En limousine? De quoi j'aurais l'air? Vous imaginez les questions?

Dumitru haussa les épaules.

— Laissez-moi à l'endroit où vous m'avez prise il y a deux jours, dans la rue Port-Dauphin. Je… je ne sais pas… Je me trouverai un banc dans le parc Montmorency et je déciderai quoi faire ensuite.

— À vos ordres, dit monsieur Dumitru avant de donner les directives au chauffeur.

Dans la rue Port-Dauphin, la limousine se mit à ralentir à la demande de Sarah.

— Il faut que je m'assure de ne reconnaître personne sur le trottoir ou dans le parc avant de quitter la voiture, vous comprenez?

Nerveusement, Sarah regardait dans toutes les directions, la tête comme une girouette en période de grands vents. Les vitres teintées ne facilitaient pas l'opération.

— Bon. Ça va, je pense. Je peux descendre ici.

La voiture s'immobilisa et le chauffeur vint lui ouvrir la portière.

— Je vous remercie quand même, monsieur Dimu…

— Dumitru.

— C'est ça. Excusez-moi d'avoir été si… impatiente et désagréable avec vous. Je sais que ce n'est pas votre faute.

Égal à lui-même, monsieur Dumitru se contenta de sourire.

— Au revoir, mademoiselle Sarah.

La jeune fille sortit de la voiture et regarda la limousine poursuivre son chemin sur la voie à sens unique. Elle inspira profondément, heureuse de se retrouver en terrain connu. C'est alors qu'elle découvrit avec horreur que le chauffeur de la limousine avait laissé six valises et sacs de voyage sur le trottoir.

— Oh non! Mes nouveaux vêtements! Je les avais oubliés!

Regardant rapidement autour d'elle pour s'assurer de ne pas être reconnue, Sarah entreprit d'enfiler les courroies autour de son cou et sur ses épaules tout en agrippant les poignées des valises qui, fort heureusement, possédaient des roulettes. À la voir, on aurait juré qu'elle revenait d'un voyage autour du monde en quatre-vingts jours!

Jetant un regard des deux côtés, elle traversa la rue et se trouva un banc au fond du parc Montmorency, le plus loin possible des regards des passants qui auraient pu emprunter Port-Dauphin. À cette heure-ci, plusieurs de ses camarades de classe y marchaient, alors il ne fallait pas prendre de risques. À l'automne, les arbres énormes du parc avaient perdu leurs feuilles et faisaient beaucoup moins d'ombre qu'en été, mais Sarah espéra quand même pouvoir s'y camoufler, le temps de décider ce qu'elle voulait faire.

Elle déposa ses derniers sacs au sol, autour d'elle, et venait de se laisser tomber sur le banc lorsqu'elle entendit :

«SARAH! TU ES REVENUE? ENFIN!»

CHAPITRE 7

New York, 18 octobre

Milos se réveilla en sursaut comme quelqu'un qui fait de l'apnée du sommeil et qui reprend conscience après avoir cessé de respirer pendant plusieurs secondes. Il regarda autour de lui, désorienté et étourdi. Il était dans la limousine, celle qui le conduisait de l'aéroport La Guardia à son appartement de la 37e Rue à Manhattan. Il inspira profondément comme pour se redonner une contenance, se frotta les yeux et se gratta la tête comme il avait l'habitude de le faire lorsqu'il se réveillait, pour se secouer les puces.

Mila se trouvait avec lui dans la limousine, non? Où était-elle passée? Avaient-ils…? Non. Soudain, l'amnésie temporaire dont il semblait être victime céda le passage à un torrent de souvenirs à la fois troublants et excitants.

— Je suis un vampire. Je suis un vampire?

Milos se rendit compte que la limousine était immobile depuis son réveil. Où était-il? Il appuya sur le bouton qui permettait de baisser la vitre teintée.

— Je suis devant mon appartement. Je suis… chez moi.

Il sourit.

— Je suis chez moi… et je suis un vampire.

Le sourire de Milos fondit lorsqu'il réalisa ce qu'il venait de dire. Il n'avait pas prévu que les choses se passeraient si vite et, maintenant, il devait composer avec cette nouvelle réalité.

Malgré cette insécurité, le jeune homme sentit son cœur s'emporter. Soudainement, il avait envie de courir à toute vitesse, de soulever des autobus, de manger un bœuf entier comme lorsqu'il avait passé la nuit à faire l'amour avec une fille ravissante. Manger? Comment pouvait-il être un vampire et avoir le goût de manger? Les vampires ne se rassasiaient-ils pas seulement de sang? Il semblerait que non puisqu'il se sentait bel et bien transformé et qu'il avait faim, vraiment faim. Il avait aussi envie de voler. De courir jusqu'à Lexington Avenue et de s'élever dans les airs, de survoler le terre-plein de Park Avenue, de monter plus haut jusqu'à Central Park… Il était un vampire et il voulait célébrer son nouveau statut!

— JE SUIS UN VAMPIRE! hurla-t-il, emporté par son bonheur.

Comme il se préparait à sortir de la voiture, Milos remarqua un billet rouge près de lui sur la banquette. Il l'ouvrit et lut:

Mon cher amour,

J'espère que tu as bien dormi. Je t'ai préparé un petit message vidéo. Tu n'as qu'à allumer le téléviseur et à activer le lecteur DVD.

Merci encore.

Mila xxx

Pendant qu'il appuyait sur les boutons appropriés, Milos s'entendit répéter à voix haute, en fronçant les sourcils :

— Mon cher amour ?

Sur le petit écran du téléviseur, Milos vit apparaître une banquette vide de la limousine. Puis, Mila vint s'asseoir devant la caméra pour s'adresser directement à lui.

— Bonjour, mon chéri. Tu dors paisiblement à mes côtés et je ne voulais pas te réveiller. Je dois partir maintenant, mais je m'en serais voulu de te quitter sans te dire toute ma reconnaissance pour ce que tu as fait pour moi. Je ne pense pas que tu le réalises encore et c'est bien normal, mais… je te serai éternellement redevable. En acceptant d'entrer dans la cohorte, en me faisant l'honneur de me désigner comme celle qui allait être l'instigatrice de ta transformation, tu m'as permis d'entrer moi aussi dans la cohorte. Vois-tu, depuis quelques années, je vivotais, je survivais, je… j'attendais ce moment. Le moment où on m'accorderait le privilège de vampiriser un humain consentant. En me donnant ton sang, tu m'as permis de devenir un vampire à part entière. Avant toi, je n'étais qu'une… stagiaire en quelque sorte. Grâce à toi, grâce à ta générosité, grâce à ton sang, je suis maintenant membre à part entière de la cohorte. Tu vois, je ne voulais pas abuser de toi, je ne voulais pas profiter de toi. Il fallait que… que tu me donnes ta permission pour que je me sente bien dans tout ça.

Mila eut un petit rire ; elle semblait mal à l'aise.

— Je… excuse-moi. C'est drôle, mais… oui, oui, ça existe, des vampires avec une conscience, une âme, un cœur. J'en suis un et j'espère que tu ne changeras pas trop, toi non plus, maintenant que tu as intégré la cohorte. Tu te demandes pourquoi j'ai dû vampiriser deux personnes avant de devenir un membre actif de la cohorte alors que toi, tu n'as eu à vampiriser personne pour y entrer ?

Même s'il savait que Mila ne le voyait pas, que cet enregistrement avait été fait plus tôt, Milos opina de la tête. Mila s'approcha de la caméra comme si elle allait lui confier un secret.

— Mon chéri, tu as le privilège d'être le fils du comte Dracula, le descendant direct du grand maître. N'oublie jamais ta chance. Peut-être nous croiserons-nous à nouveau un jour, bel amour, mais d'ici là, ne pense plus à moi. Dis-toi que je suis heureuse grâce à toi, que je te dois cette nouvelle vie qui m'attend. Profite de ta nouvelle vie, toi aussi, et aime, Milos, aime. Aime Océane, aime Matthew, aime Sarah, aime Elizabeth, aime ceux et celles qui t'aiment. Propage et diffuse ton amour…

Mila étouffa un sanglot puis resta silencieuse pendant quelques secondes. Finalement, elle fit ses adieux à Milos.

— Au revoir, Milos Menzel, alias Mircea Steven Mankiewicz. Sois heureux.

Et elle souffla un baiser à la caméra avant de se relever de la banquette pour éteindre l'appareil vidéo.

Milos demeura immobile pendant un moment, fixant l'écran bleu du petit téléviseur. Bouleversé comme s'il venait d'apprendre la mort d'une amie proche mais transporté par l'espoir d'un avenir sans fin, il souffla doucement :

— Au revoir, Mila.

†

Milos pénétra dans son appartement après cinq jours d'absence en s'écriant :

— *Honey, I'm hoooome!*

Le silence qui l'attendait ne le surprit pas outre mesure. À cette heure, il était normal que Matthew soit absent. Et ce jour-là, n'avaient-ils pas un cours à l'Academy ? Cette période de solitude lui permettrait de se préparer pour le retour de son colocataire et ami. Porté par une nouvelle énergie, un courage qu'il ignorait posséder auparavant, Milos avait décidé de tout avouer à Matthew, de lui dire qu'il était dorénavant un vampire, qu'il était l'héritier de Dracula, qu'il avait deux sœurs qu'il ne connaissait pas avant son départ, qu'il lui fallait maintenant recruter six âmes qu'il entraînerait dans la cohorte en les vampirisant, qu'il…

En se dirigeant vers la table à café, au milieu du salon, où il allait cueillir le téléphone cellulaire qu'il avait laissé derrière lui lors de son départ précipité, Milos aperçut un chandail de cachemire qui appartenait à Océane, abandonné sur l'un des accoudoirs du canapé. Milos s'arrêta, prit le vêtement et le porta à son visage pour s'imprégner du parfum de son amoureuse.

— MILOS ?

Ce dernier aperçut alors à sa grande surprise la femme de ses rêves, l'amour de sa vie, au seuil du corridor qui menait aux chambres. Emportée par un bonheur incommensurable, Océane s'élança vers lui et se jeta dans ses bras. Leur étreinte fut suivie d'une série de baisers qu'Océane placarda partout sur le visage de son amoureux.

— Enfin, tu rentres ! Tu m'as tellement manqué, mon amour.

Décidément, Milos entendait beaucoup ces mots aujourd'hui.

— Où étais-tu ? Que t'est-il arrivé ? Es-tu blessé ? Que s'est-il passé ?

Dépassé par les événements, Milos poussa un petit rire forcé. Océane rougit.

— Excuse-moi. Tu arrives et je te bombarde de questions comme une épouse abandonnée. Je…

Puis, Océane se ressaisit et frappa Milos sur l'épaule du revers de la main.

— Non, mais vraiment ! Où étais-tu ? Que s'est-il passé ? Je m'inquiétais, moi !

Milos sourit, comprenant tout à fait le désarroi qu'Océane avait dû éprouver pendant son absence. Cependant, il ne savait pas quoi lui répondre. Dans son scénario, il avait prévu rendre des comptes à Matthew, son complice, son ami, son colocataire, avant ses retrouvailles avec Océane. Peut-être que Matthew aurait su le conseiller sur quoi dire et ne pas dire à Océane. Il n'avait pas du tout décidé de la manière dont il aborderait sa nouvelle vie avec elle.

Océane… elle était là. Devant lui. Il n'arrivait pas à y croire. Ces cinq jours loin d'elle lui avaient paru interminables. Mais c'était bel et bien terminé maintenant. Il la touchait. Il lui caressait les bras. Et elle attendait une réponse.

— Tu m'as tellement manqué.

La jeune femme sourit, rose de plaisir. Puis, le silence s'installa. Milos devait absolument trouver une explication. Mais elle tardait à venir… Océane était encore plus belle qu'avant. Était-il possible qu'elle ait embelli en si peu de temps, ou était-ce cet amour grandissant qu'il ressentait pour elle qui la rendait de plus en plus jolie ? Plus il se perdait dans ses yeux, plus il constatait à quel point elle lui avait manqué, et plus il se rendait compte qu'il était éperdument amoureux d'elle. D'elle seulement. Oui, les autres filles étaient attirantes, désirables, excitantes… Mais Océane l'était également, et avec elle l'amour venait en prime.

— Toi aussi, tu m'as manqué. Mais que s'est-il passé ? Tu es parti chercher le petit-déjeuner à quelques coins de rue et tu reviens cinq jours plus tard…

Devait-il tout lui dire ? Pouvait-il tout lui dire ? Comment inventer une histoire à brûle-pourpoint sans qu'Océane voie dans ses yeux que son récit était truffé de mensonges ?

— Tu veux la vérité ? Tu ne la croiras pas…

Emportée une fois de plus par un débordement de sentiments, Océane enlaça Milos et entreprit de tapisser son visage de baisers.

— Ce que je n'arrive pas encore à croire, c'est que tu sois revenu.

— Je suis revenu. Ça, c'est bien vrai…

Océane entra en mode confidences et baissa les yeux.

— Tu sais, avant que tu partes, je t'aurais dit que nous ne nous devions rien, que notre relation n'était pas sérieuse, que c'était du pur bonheur sans attaches… Mais j'ai beaucoup réfléchi pendant ton absence et j'ai réalisé que j'avais vraiment envie de faire un bout de chemin avec toi.

Milos réalisa que les mots qui sortaient de la bouche d'Océane auraient tout aussi bien pu sortir de la sienne. Ils étaient sur la même longueur d'onde. Il devait lui dire la vérité. Pourtant, elle interpréta mal la surprise dans ses yeux et se ravisa :

— Mais je ne veux pas te faire peur. Tu dois penser que je suis folle, que je vais trop vite, que…

— Non, non, non, interrompit Milos. Au contraire. C'est la même chose pour moi. Je n'ai pas cessé de penser à toi pendant mon v… pendant mon absence. Il faut que je t'avoue qu'il y a eu d'autres… tentations. Je te raconterai. Mais j'ai réalisé, moi aussi, que j'avais envie d'être avec toi. En exclusivité.

Océane inspira profondément, se gonflant de bonheur. À son tour, Milos prit une grande inspiration, se préparant à tout raconter à son amoureuse : qu'il avait été adopté ; qu'il était le fils biologique de Dracula ; qu'il avait maintenant une mission à accomplir ; qu'il était devenu un vampire ; qu'elle devrait, elle aussi, si elle souhaitait faire sa vie avec lui, entrer dans la...

— *Honey, I'm hoooome !* s'écria Matthew en faisant irruption dans l'appartement.

Milos et Océane sursautèrent et se tournèrent vers le colocataire comme des amants clandestins pris en flagrant délit.

— *Oh, my sweet Lord ! You're back !* s'exclama Matthew en portant une main à son cou.

Milos sourit, heureux de revoir son ami.

— Dans mes bras, grande folle !

Matthew accepta l'étreinte que lui proposait Milos. Après quelques secondes, il fit voyager ses mains vers le sud pour pétrir les fesses de son colocataire.

— Veux-tu bien me lâcher ! dit Milos en riant et en repoussant Matthew.

— Je voulais seulement voir si tu t'étais entraîné pendant ton absence, *darling*.

Océane et Milos échangèrent un regard complice avant de lever les yeux au plafond.

— Alors... raconte-moi tout ! lança Matthew en prenant place sur le canapé et en tapotant le coussin près de lui pour indiquer à Milos où il voulait qu'il s'assoit.

Il y eut un court silence pendant lequel Milos réfléchit. Par où commencer? Puis, il se demanda encore s'il fallait dire la vérité ou mentir. Ses parents – les adoptifs, il va sans dire! – avaient évidemment toujours prôné l'honnêteté. Mais ils ne s'étaient jamais retrouvés dans une telle situation!

— Ce qui m'arrive est incroyable, commença-t-il en se disant que, de toute façon, cette ouverture s'appliquerait autant à la vraie histoire qu'à une fausse qu'il pourrait éventuellement inventer. J'ai... euh... En revenant de chez Daniel's Bagels, j'ai rencontré un producteur, un riche homme d'affaires, un genre de... mécène... qui a vu mon film à Sundance et qui s'apprêtait à frapper à la porte pour m'offrir de financer un film qu'il voulait tourner... avec moi comme réalisateur.

— Est-ce qu'il est *cute*? lança Matthew, intéressé.

Océane éclata de rire tandis que Milos soupira de découragement.

— Matt, franchement! C'est un producteur! Il est... chauve, bedonnant et vieux, *okay*? *Anyway, who cares?* Il est riche et il veut financer un film. C'est tout ce que j'ai besoin de savoir.

— Sauf s'il te demande de le rembourser en nature, blagua Matthew en feignant un frisson de dégoût.

Milos poussa un petit grognement de fausse impatience pendant qu'Océane ricanait encore.

— Quand vas-tu arrêter de voir du sexe partout, Matthew?

— Quand le sexe n'existera plus! répondit du tac au tac l'interpellé, en feignant de jouer de la batterie dans les airs.

— Tu le sais, Milos. Il n'y a vraiment rien à faire avec lui, dit Océane, amusée.

Matthew interrogea, méfiant:

— Ton riche homme d'affaires a trouvé ton adresse, il est venu ici de Dieu sait où pour te proposer de réaliser un film et tu es parti avec lui comme ça, sans plus d'explications?

Milos comprit qu'il aurait à ramer sérieusement pour faire avaler son histoire à Matthew.

— Tu ne l'aurais pas suivi, toi? répliqua-t-il, lui qui savait qu'il était toujours gagnant de répondre à une question par une autre question quand on souhaitait gagner du temps, redorer son image ou rétablir sa crédibilité.

Matthew le dévisagea.

— C'est un budget de combien? Il t'a fait lire le scénario? C'est quoi, le thème? Tu fais la distribution ou les acteurs sont déjà choisis?

Le cœur de Milos se mit à battre plus rapidement comme s'il subissait un interrogatoire dans un poste de police.

— Wo, wo, wo, on respire! Je n'ai pas encore toutes les réponses. Je sais seulement que c'est un long-métrage, que j'aurai ce qu'il faut pour le réaliser, que le thème est *top secret*, que certains acteurs connus du milieu théâtral new-yorkais ont déjà été approchés pour les rôles principaux, et que je pourrai y mettre mon grain de sel… quand j'aurai lu le scénario.

Matthew se leva d'un bond.

— Tu as été parti cinq jours et tu n'as même pas lu le scénario ? *My God!* Qu'est-ce que tu as fait, tout ce temps-là ?

Les yeux de Matthew et ceux d'Océane semblaient brûler la peau de Milos.

— J'étais à l'extérieur. Il m'a emmené… en banlieue… au New Jersey. C'est là qu'il souhaite que le film soit tourné et… il voulait me montrer le *scouting* qu'il avait déjà fait. C'est un projet très intéressant.

Matthew se planta devant Milos, les poings sur les hanches.

— Et tu as signé un contrat ? Il t'a donné une avance en argent ?

Milos regrettait d'avoir inventé une histoire de cinéma pour mentir à quelqu'un qui s'y connaissait dans le domaine.

— Pas de contrat, mais une grosse avance, lança-t-il, déterminé à mettre rapidement fin à la conversation. Regarde.

Il plongea la main dans un de ses sacs de voyage pour en tirer l'enveloppe qu'il avait reçue après la lecture du testament. Elle contenait son allocation en attendant de toucher la véritable fortune de son père.

— Est-ce que tu me crois maintenant ?

Les yeux de Matthew et ceux d'Océane s'écarquillèrent.

— *Oh, my God!* dit Matthew. Il doit y avoir…

— Quelques milliers de dollars, oui. Et ce n'est qu'un début.

Matthew cria comme si Milos venait de remporter le gros lot de la loterie.

— Vous me croyez maintenant ? répéta Milos.

Matthew et Océane froncèrent les sourcils.

— On n'a jamais dit que l'on ne te croyait pas, *darling*, mais on s'est sérieusement inquiétés quand tu as disparu comme ça.

Milos expira, soulagé.

— J'espère que vous me pardonnerez. C'était… une occasion unique pour moi, vous comprenez ? Je ne pouvais pas refuser.

Là-dessus, il ne mentait pas.

Océane s'approcha de Milos et l'embrassa en l'enlaçant.

— Bien sûr que nous te pardonnons, confirma-t-elle. Ce qui est important, c'est que tu sois revenu et qu'il ne te soit arrivé aucun malheur, mon amour.

Ces deux derniers mots frappèrent Matthew droit au cœur. Intrigué et agacé à la fois, il eut un petit rire jaune.

— Mon amour? répéta-t-il. Hum… les grands mots! Attention, Wet One, notre Milos va prendre ses jambes à son cou si tu ne fais pas attention.

Milos donna une petite tape amicale à Matthew avant de dire:

— Ça te surprend, hein? Mais… ce que tu avais prédit est arrivé. Océane est la bonne, la seule et unique pour moi. Je l'aime.

Pendant que Milos et Océane s'embrassaient, leurs cœurs emballés, celui de Matthew tombait en miettes. Ses joues s'empourprèrent et ses mains se glacèrent. «Ils… s'aiment? Mais voyons, Milos ne cherche pas de relation exclusive. Il… butine de fille en fille. Il a toujours fait ça…» Matthew regarda son colocataire embrasser Océane et il remarqua que quelque chose avait changé. Il se sentit soudain étourdi. «Non, non, ce n'est pas possible. Milos n'est pas à elle seulement, il est… à tout le monde et à personne à la fois.» Océane et Milos s'embrassèrent encore comme si Matthew avait quitté la pièce. Mais il était toujours là. Et cette jolie scène romantique devenait de plus en plus douloureuse pour lui.

— *Oh, puh-lease!* Lâchez-vous, *for God's sake*! s'écria-t-il enfin, en tentant d'avoir l'air amusé. *Helloooo?* Vous n'êtes pas seuls, hein?

Océane et Milos rirent comme des enfants, s'excusèrent auprès de Matthew et recommencèrent à s'embrasser.

Le sourire forcé de Matthew, plaqué sur son visage pour cacher les larmes naissantes et la douleur intense de cette peine d'amour qui le happait de plein fouet, craqua rapidement et le colocataire de Milos comprit qu'il devait quitter vite s'il ne voulait pas laisser paraître ses vrais sentiments.

— *Okay, okay,* j'ai compris! dit-il en se dirigeant vers la porte avec un faux ton enjoué, espérant encore que ses paroles sépareraient les amoureux.

En vain.

Il jeta un dernier regard au couple avant de claquer la porte derrière lui, mais ni Océane ni Milos ne sursautèrent, emportés par la passion.

Appuyé contre la porte de l'appartement, Matthew se mit à inspirer et à expirer rapidement, comme s'il combattait férocement les larmes inévitables qui allaient bientôt inonder ses joues.

— Qu'est-ce que j'ai, *my God*? C'est quoi, ces émotions-là?

Le jeune homme regardait des deux côtés du couloir comme si la réponse à sa question s'y trouvait.

— Il faut que je sorte d'ici, conclut-il, au bord de l'hyperventilation, en s'élançant dans le couloir qui menait à la porte de l'immeuble.

Dès qu'il eut descendu les marches qui conduisaient au trottoir, Matthew éclata en sanglots et s'élança vers Lexington, comme s'il devait fuir le regard de Milos qui venait, sans le savoir, de lui briser le cœur.

CHAPITRE 8

Killester, 18 octobre

— Mais non, Rick ! Attends ! Laisse-moi t'expliquer ! Je t'aime ! cria Elizabeth en entrant dans le restaurant à la poursuite de son amoureux.

Les quelques clients présents se tournèrent vers la jeune femme hystérique et gloussèrent. Terriblement mal à l'aise, Rick toisa Elizabeth d'un regard réprobateur.

— Il faut que je travaille, chuchota-t-il entre ses dents, en pesant ses mots. Je ne veux pas perdre mon emploi. Va-t'en. Nous n'avons plus rien à nous dire.

Il tourna les talons et disparut dans la cuisine.

Elizabeth regarda autour d'elle. Lorsqu'elle croisait les regards amusés des clients, ceux-ci se détournaient rapidement, feignant de retourner à leurs conversations ou à leurs assiettes.

— Je suis actrice et chanteuse, s'écria-t-elle en se disant que, de toute façon, elle avait déjà fait une folle d'elle alors… pourquoi ne pas aller jusqu'au bout ? Je répète un rôle dans un film très dramatique. Vous allez adorer !

Elizabeth regarda autour d'elle et se choisit une table, résolue à ne pas quitter le restaurant tant qu'elle n'aurait pas convaincu Rick de la véracité de son histoire.

Rick revint de la cuisine avec des assiettes qu'il alla porter à des clients impatients.

— Je suis désolé, avoua-t-il au couple lésé. Je vous offre le dessert gratuitement pour me faire pardonner.

L'homme et la femme sourirent, heureux que leur serveur reconnaisse ses torts et leur offre une compensation. Discrètement, Rick passa près de la table qu'Elizabeth avait choisie et lui souffla :

— Tu me déranges. Rentre chez toi. Je ne veux plus te voir.

Les mots blessèrent Elizabeth, mais son orgueil et sa raison lui donnèrent du courage.

— Tu ne peux pas rester ici, reprit le jeune homme. C'est un restaurant. On vient ici pour boire et manger.

Déterminée, Elizabeth continua à parler à voix haute.

— C'est parfait. Je meurs de faim.

Rick leva les yeux au plafond et murmura :

— Très bien. Je t'envoie Julie. C'est elle qui s'occupe de cette section.

Du tac au tac, Elizabeth se leva et s'exclama :

— Je me suis trompée de section ? Et ici ? C'est une de tes tables ?

Elizabeth s'installa à la table voisine des clients que Rick venait de servir. Le jeune homme dut se contenter d'un sourire contraint et d'un timide hochement de tête.

— Super! Alors tu peux m'apporter un menu? J'ai une faim de loup… et beaucoup d'argent. C'est payant, actrice et chanteuse. J'ai de quoi me payer un festin qui pourrait durer, ma foi, jusqu'à la fermeture!

Rick inspira profondément pour contenir sa colère et alla chercher un menu. Malgré l'humiliation qu'il subissait devant les autres clients – lui qui préférait de loin être dans l'ombre et ne pas trop attirer l'attention sur sa personne –, le jeune homme ne put s'empêcher de penser qu'Elizabeth avait du cran.

— Finalement, je n'aurai pas besoin du menu, dit l'adolescente quand Rick revint. On m'a dit que le *fish and chips* était vraiment très bon ici. Est-ce que c'est vrai?

Avant que le serveur ne puisse répondre, Elizabeth se tourna pour s'adresser à l'homme de la table voisine.

— C'est ce que vous avez pris, vous, monsieur? Est-ce que c'est bon?

Rick aurait voulu que la foudre le frappe sur-le-champ et que sa vie soit terminée, mais, à l'intérieur du restaurant, les chances que cela se produise étaient minces. Même avec la pluie qui avait commencé à tomber à l'extérieur…

L'homme de la table voisine, la bouche pleine, acquiesça timidement de la tête.

— Alors je vais prendre la même chose que le monsieur, mon amour! s'exclama Elizabeth.

Rick fit signe à Elizabeth de baisser le ton, mais la jeune femme l'ignora complètement.

— Est-ce que je vous l'avais dit? En plus d'être actrice et chanteuse, je suis amoureuse de Rick Langston ici présent, annonça-t-elle à la ronde.

Rick se dirigea vers la cuisine, ne sachant plus quoi dire ni quoi faire.

— Alors tu m'apportes le *fish and chips*, mon amour? cria Elizabeth. Oh mais, j'y pense… C'est cuit dans la bière, non? Est-ce que ça cause problème étant donné que je suis mineure?

Bien malgré eux, quelques clients du restaurant étouffèrent un rire. Rick se contenta de lever les yeux au plafond puis de s'engouffrer dans la cuisine. Quelques secondes plus tard, il en ressortit avec les desserts des clients d'une autre table.

— Mmmmm… ça, c'est bon! s'exclama Elizabeth. Très sucré, hein? Aussi sucré que tes baisers, mon amour?

Encore une fois, quelques clients rigolèrent et d'autres rougirent bien malgré eux. Rick devint écarlate. Après avoir déposé les assiettes des clients, il revint vers Elizabeth et lui chuchota:

— Là, tu exagères! Tu vas me faire perdre mon emploi. Arrête de m'humilier comme ça.

La jeune femme décida de baisser le ton. Effectivement, elle était allée un peu loin. Après tout, elle ne voulait pas embarrasser Rick. Elle voulait seulement attirer son attention et s'assurer qu'il l'écouterait encore… jusqu'au bout.

— Excuse-moi, souffla-t-elle discrètement. Est-ce que je t'ai dit que je t'aimais ?

Malgré lui, Rick sourit. Elizabeth détecta la fissure dans sa résistance et sourit à son tour.

— Qu'est-ce que tes parents ont dit quand tu es revenue à la maison ? demanda Rick spontanément, parce que la question lui brûlait les lèvres depuis qu'il avait aperçu Elizabeth dans la vitrine du restaurant.

— Ils ne savent pas encore que je suis revenue, avoua-t-elle.

— Quoi ?

Spontanément, Rick sortit son téléphone cellulaire d'une des poches de son tablier et commença à composer le numéro des Gurney.

— Non ! Ne les appelle pas tout de suite, implora Elizabeth. Je veux passer du temps avec toi avant de les revoir. Je ne sais pas encore ce que je vais leur dire pour justifier mon absence. Je ne crois pas que je puisse leur dire la vérité. S'ils réagissent comme toi… C'est toi que je voulais voir en premier de toute façon.

Le mur de ciment que Rick avait érigé s'effrita un peu plus.

— Mais il faut quand même les appeler pour leur dire que tu vas bien, que tu n'es pas en danger.

Elizabeth prit le téléphone des mains de Rick.

— Pas tout de suite. Si tu les appelles, je monte sur la table et je chante *I Will Always Love You.*

Rick reprit rapidement son téléphone et refoula un rire, visualisant dans sa tête la scène qu'Elizabeth avait évoquée.

— Bon, *okay.* Je termine à quinze heures trente. On se parlera à ce moment-là. Mais il faudra que tu me dises la vérité. Je vais voir si ton *fish and chips* est prêt. Tu es mieux de me donner un bon pourboire!

Elizabeth fit un sourire et un clin d'œil coquin avant de dire :

— Le plus gros que tu n'auras jamais reçu!

C'était gagné. Elle allait avoir la chance de tout expliquer à Rick… encore une fois. Pendant qu'elle attendait son repas, son enthousiasme se mit à fondre comme une peau de chagrin. Elle avait dit la vérité à Rick et il ne l'avait pas crue. Que lui restait-il à dire? Devait-elle tout répéter? Valait-il mieux mentir? Inventer une autre histoire?

— Voilà! Bon appétit, mademoiselle, dit Rick en posant l'assiette d'Elizabeth sur la table.

— Merci, jeune homme, chantonna-t-elle, amusée.

Quand Rick repartit, le sourire d'Elizabeth tomba à nouveau. Le problème demeurait entier. Il fallait trouver une façon incontestable de convaincre Rick de la véracité de son histoire.

Pendant qu'elle mangeait, Elizabeth eut une idée. Monsieur Bradley ne lui avait-il pas dit qu'il serait toujours là pour elle si elle avait besoin de lui ? Ne serait-il pas le meilleur témoin pour convaincre Rick que tout ce qu'elle lui avait raconté était vrai ? Elle engloutit rapidement son repas – elle n'avait pas menti en affirmant qu'elle était affamée – et laissa sur la table un montant d'argent équivalent à plus du double de l'addition que lui aurait présentée Rick s'il en avait eu la chance.

Sans saluer son amoureux, elle sortit du restaurant et s'élança dans les rues d'Artane sous la pluie froide de l'automne irlandais à la recherche de – comment le qualifier ? son maître spirituel ? – monsieur Bradley.

Elizabeth marchait d'un pas décidé, étirant le cou pour voir entre les maisons, dans les ruelles, derrière les arbres. Mais comment trouver monsieur Bradley ? Ne l'avait-elle pas laissé à Dublin ? Qu'est-ce qu'il ferait ici, dans une ruelle d'Artane ? Elle se sentit soudainement ridicule… et de plus en plus mouillée. La pluie avait encore augmenté d'intensité et la jeune femme se mit à grelotter. Pour ne pas geler, il fallait bouger. Courir. Courir dans les rues d'Artane, jusqu'à Killester s'il le fallait, pour trouver monsieur Bradley coûte que coûte.

— MONSIEUR BRADLEY ? se mit-elle à hurler. MONSIEUR BRADLEY ? VOUS DEVEZ M'AIDER ! J'AI BESOIN DE VOUS… MAINTENANT !

Mais il n'y avait que le bruit de la pluie et le son des pneus des voitures qui roulaient sur la chaussée mouillée.

— VOUS M'AVEZ DIT QUE VOUS SERIEZ TOUJOURS LÀ POUR MOI!

Elizabeth se mit à penser à tous les contes où apparaissaient des fées marraines lorsque les princesses étaient en détresse. Voulant chasser ces images qu'elle jugeait ridicules, elle se mit à crier toujours plus fort.

— MONSIEUR BRADLEY! Il faut que vous m'aidiez. Vous…

Elle s'interrompit et s'assit dans l'eau qui s'accumulait sur un trottoir, vaincue.

— … vous êtes le seul qui pouvez m'aider et… vous n'êtes pas là.

Elizabeth se mit à pleurer. Ses larmes chaudes se mêlèrent aux cordes d'eau froide qui tombaient sur ce triste après-midi gris.

CHAPITRE 9

Québec, 18 octobre

Tentant désespérément d'échapper à la voix qui l'interpellait, Sarah fit semblant de ne pas l'avoir entendue. Elle ramassa rapidement ses sacs et ses valises et entreprit de marcher dans la direction opposée. Cependant, la voix se rapprochait.

— SARAH ! Qu'est-ce que tu fais ? Attends-moi !

La principale intéressée décida de profiter de la densité des arbres dans le parc Montmorency et se mit à faire du slalom dans l'espoir de pouvoir se camoufler et d'éviter sa poursuivante.

— SARAH DUVALL ! Je te parle ! Attends-moi !

« Ah non ! Pas mon nom de famille crié dans un parc ? » frissonna Sarah. La jeune fille ne put s'empêcher de faire une comparaison entre la situation présente et les quelques fois qu'on avait appelé son nom à l'interphone de l'école. « Sarah Duvall est demandée au secrétariat » ou « Madame Unetelle ? Est-ce que Sarah Duvall est en classe en ce moment ? Pouvez-vous me l'envoyer, s'il vous plaît ? » C'était tellement humiliant quand tous les confrères et toutes les consœurs se tournaient en même temps pour s'enquérir du «pourquoi» on était demandé au bureau!

Sarah s'arrêta net, réalisant qu'elle ne pourrait pas s'enfuir. Elle ferma les yeux et inspira profondément, se sentant coincée.

— Bon! Tu ne m'entendais pas? Ça fait trois fois que je t'appelle! Tu es revenue? Où étais-tu partie? Tu t'en vas où avec tes bagages? Qu'est-ce que tu fais? Tes parents te cherchent partout! Est-ce que tu les as appelés? Est-ce qu'ils savent que tu es revenue?

Sarah déposa ses valises sur le sol. Elle se repassa la série de questions dans sa tête. Il était impossible de répondre à chacune d'elles dans l'ordre… ou même de s'en rappeler!

— Excuse-moi… est-ce qu'on se connaît? dit-elle, affichant un air déboussolé.

Inquiète et troublée, son interlocutrice la fixa. Lentement, elle approcha son visage de celui de Sarah.

— Tu ne me reconnais pas, Sarah? C'est moi, ta meilleure amie… Jolane… Jolane Mercier…

Sarah conserva son air perdu. Le cœur de Jolane se mit à battre à toute allure. Bouleversée, elle bafouilla:

— Sarah? Oh, mon Dieu! Qu'est-ce qui t'est arrivé?

Sarah regarda son amie avec plus d'insistance, préparant à la fois sa réponse immédiate et gagnant du temps. Les sacs qu'elle portait en bandoulière glissèrent de ses épaules et s'écrasèrent sur la pelouse. Lentement, elle prononça :

— Qui est Sarah ? Je suis Shlepu Satarupo de la planète Zléton. Je suis venue envahir la Terre avec mon maître, Tching-clou.

Les yeux de Jolane s'écarquillèrent et la jeune fille se mit à trembler de peur.

— Hein ?

Sarah leva les yeux au ciel et sourit.

— Mais non, Jolane, c'est moi.

Le visage de Jolane changea du tout au tout. Il exprimait un mélange de colère et de soulagement. Elle poussa un soupir comme si elle avait retenu son souffle depuis le début de la conversation.

— Ça, c'est vraiment chien, Sarah Duvall !

Sarah éclata de rire et pensa à Elizabeth et à Milos qui auraient sans doute été très fiers d'elle. Tout en rigolant, elle renoua avec le visage de sa bonne vieille amie retrouvée. Comme il était bon de revenir à la maison, de reprendre contact avec Jolane… tout en s'accordant un petit moment léger dans sa grosse réflexion. Jolane donna quelques claques amicales à son amie, faussement humiliée d'être tombée dans le piège ridicule que lui avait tendu Sarah.

— Non mais, sans blague ! Où étais-tu passée ? C'est quoi, tous ces bagages ? Tout le monde te cherche.

Sarah sentit le besoin d'esquiver les questions de Jolane et de s'évader rapidement du parc.

— Écoute, Jolane, je suis désolée, mais il faut vraiment que j'y aille.

— Quoi? répondit la jeune fille, à la fois outrée et étourdie par les changements d'attitude radicaux de Sarah. Tu disparais pendant trois jours et c'est tout ce que tu trouves à me dire? Je pensais que j'étais ta meilleure amie!

Sarah poussa un soupir qui ressemblait à de l'exaspération, mais elle se força à sourire:

— C'est vrai que tu es ma meilleure amie, mais je n'ai pas le temps de t'expliquer. Il faut que je parte.

Jolane refusa de lâcher le morceau.

— Aïe, Sarah Duvall! Viens ici!

Elle agrippa son amie par le bras et l'attira vers un réverbère.

— Regarde!

Sarah aperçut sur le poteau une photocopie sur papier jaune. On pouvait y voir sa photo, encadrée des mots: *RECHERCHÉE… Sarah Duvall, 12 ans, cheveux noirs, mi-longs, traits asiatiques. Vue pour la dernière fois à son domicile de la rue des Jardins, portant un uniforme du Petit Séminaire. Récompense promise. Communiquez toute information à Jonathan Duvall, détective privé, 418 555-3232, ou au Service de la sécurité publique de Québec.*

Sarah demeura sans voix.

— Tu vois? Ce n'est pas drôle. Tout le monde s'est lancé à ta recherche.

Sarah réalisa à quel point son absence avait eu un grand impact. Cependant, elle n'avait pas le temps de s'en faire maintenant. Il fallait passer à l'action. Elle se ressaisit et se composa un air froid et indifférent.

— Tu l'as déjà dit, lança-t-elle avant de récupérer ses bagages.

Jolane s'écria:

— C'est tout ce que tu as à dire? Je ne te reconnais plus. Tu es bien sans-cœur, Sarah Duvall!

Cette dernière s'arrêta et se tourna vers Jolane, cachant la peine que lui faisait la pointe venimeuse de son amie.

— Je ne suis pas sans-cœur, OK? Je n'ai juste pas le temps de t'expliquer. Il faut que je parte.

Jolane était déterminée à comprendre ce qui s'était passé.

— Tu t'en vas chez toi? J'y vais aussi. Tu m'expliqueras en chemin. Veux-tu que je t'aide à porter tes bagages?

Sarah comprit que Jolane ne serait pas facile à semer.

— Tu es gentille, mais… je ne m'en vais pas chez moi, non.

Jolane regarda son amie avec des points d'interrogation dans les yeux.

— Comment ça, tu ne t'en vas pas chez toi? Tes parents t'attendent. Ils sont super inquiets.

— Je les ai déjà avertis, mentit Sarah. Ne t'inquiète pas pour eux.

Jolane fut légèrement soulagée. Son amie n'avait donc pas complètement perdu la raison!

Sarah enfila les courroies de ses sacs autour de ses épaules et reprit ses valises. Elle avait décidé ce qu'elle voulait faire. Elle savait où elle devait se rendre dans un premier temps.

Jolane, qui ne la quittait pas d'une semelle, vint se jeter dans les bras de son amie.

— Ah, j'ai eu tellement peur! Tu ne peux pas t'imaginer. Je pensais que tu avais été kidnappée, qu'un maniaque t'avait emmenée avec lui dans son auto et qu'il t'avait battue et violée. Je suis tellement contente de voir que tu vas bien. Tu n'as pas été blessée?

Sarah se contenta d'un petit non de la tête.

— Je suis tellement soulagée, poursuivit Jolane. Simon était vraiment inquiet lui aussi, tu sais…

Sarah sourit en entendant le prénom. Simon s'était inquiété pour elle? Elle était bien heureuse de l'apprendre. Ça augurait bien!

— Je pense qu'il t'aime vraiment. Tu devrais le voir! Il me demande presque à toutes les périodes si j'ai eu de tes nouvelles. Comme si tu pouvais m'appeler ou m'envoyer un message texte à l'école! Il est trop mignon! Je sais qu'il t'a aussi envoyé des courriels et qu'il t'a cherchée sur Talk2Me.

Simon lui avait envoyé des messages? Sarah dut se retenir pour ne pas courir tout de suite à la maison pour les lire. Elle avait tellement aimé son message écrit à la main pour l'inviter au bal de l'Halloween de l'école. Comme il était facile de se perdre dans ses pensées quand elle rêvait de lui! Cependant, elle fut tirée de sa rêverie quand Jolane attaqua encore une fois.

— Dis quelque chose!

Sarah regarda Jolane qui la dévisageait, en attente de réponses. Elle tenta désespérément de trouver les mots qui apaiseraient la curiosité de son amie sans compromettre son projet, mais elle ne trouva rien. Finalement, son impatience se traduisit par de l'agressivité mal placée:

— Écoute bien, Jolane Mercier: je viens de te dire que je suis pressée. Il faut que je m'en aille. Tu ne comprends rien? Je n'ai pas le temps de t'expliquer et… de toute façon, je ne te dois rien, OK?

Insultée, Jolane inspira profondément et vociféra:

— Quoi? Tu disparais pendant trois jours, tu inquiètes tout le monde, tu manques de faire mourir tes parents et c'est tout ce que tu trouves à dire? Incroyable!

Sarah reçut la réplique de Jolane comme une droite au menton, mais feignit l'indifférence tout en marchant vers la rue. Son cœur devenait aussi lourd que ses bagages, mais il ne fallait surtout pas montrer de signes de faiblesse. Pas maintenant.

— Ta mère a pris congé de l'école, ton père a fait le tour des stations de radio et des émissions de télé pour parler à ton agresseur…

La tête de Sarah se mit à tourner. Son absence était vraiment en train de tout faire déraper. Il fallait quand même qu'elle tienne son bout. Sans réfléchir, elle cria à Jolane :

— Mon agresseur ? Mais je n'ai même pas été agressée !

— As-tu dit ça à tes parents ? Eux, c'est ce qu'ils pensaient ! Ils croyaient que tu finirais comme toutes ces filles qui sont disparues ces derniers temps et que l'on cherche encore. As-tu pensé à ça quand tu as décidé de faire une fugue ?

Sarah devenait de plus en plus étourdie.

— Quoi ? Je n'ai pas fait de fugue !

— Alors tu appelles ça comment ?

Sarah demeura muette. Est-ce que Jolane tentait de lui tirer les vers du nez ? La provoquait-elle pour la faire parler ? Il ne fallait pas tomber dans le piège.

— Laisse-moi tranquille ! cria-t-elle en reprenant sa marche, plus déterminée que jamais à semer son amie.

Jolane connaissait assez Sarah pour savoir que si elle redoublait d'ardeur dans son interrogatoire, elle finirait par la faire craquer.

— Étais-tu partie avec un gars ? C'est ça ? Un gars de quinze, seize ans… ou plus ? C'est ça ? Simon est trop jeune pour toi, Sarah Duvall? Tu t'es trouvée un gars avec plus… *d'expérience*?

Jolane allait trop loin. Sarah comprit son jeu et s'en moqua intérieurement. Elle s'arrêta net et se mit à faire semblant de pleurer.

— Ah, Jolane! Tu as deviné mon secret! J'ai tellement honte! J'étais dans une chambre d'hôtel avec monsieur Philippe tout ce temps-là! Tu te souviens de monsieur Philippe, notre prof de musique de l'an dernier? Tu te rappelles comme je le trouvais beau? Je l'ai croisé sur la rue lundi matin en me rendant à l'école, il m'a fait une déclaration d'amour, il m'a emmenée au château Frontenac et, dans ses bras, je suis devenue une femme. Il m'a montré qu'il ne savait pas seulement jouer du piano et de la flûte traversière.

Sarah reprit son chemin pendant qu'une Jolane dégoûtée faisait:

— Ark!

Quand Jolane eut rattrapé Sarah, cette dernière lui souffla, tout en continuant à marcher:

— Tu es ridicule, Jolane! Maintenant, laisse-moi tranquille. Il faut que j'aille voir ma grand-mère.

— Ta grand-mère?

— Est-ce qu'il y a de l'écho dans le parc? Oui, ma grand-mère.

— Mais appelle au moins tes parents, avant, pour les rassurer.

Sarah s'arrêta sec. Elle inspira profondément pour remettre ses idées en place.

— Jolane, peux-tu me rendre un service ?

L'interpellée regarda son amie avec méfiance, croyant que celle-ci lui tendait peut-être encore un piège. Sarah attendait la réponse avant de poursuivre.

— Euh… oui. Quoi ? balbutia-t-elle enfin.

— Rapporte mes valises chez moi et ne me pose plus de questions.

Jolane voulut parler, mais Sarah l'en empêcha.

— Je ne peux pas me rendre à l'hôpital avec tout ça, c'est trop fou. Si tu me rends ce service, je te promets que je te donnerai quelques-uns de mes nouveaux vêtements. Ils sont vraiment beaux et j'en ai trop. Je te promets que je t'expliquerai comment je les ai obtenus, mais je ne peux vraiment pas le faire maintenant.

Jolane était sans voix.

— Peux-tu me faire confiance ? Tu seras toujours ma meilleure amie. Je te le promets.

Jolane ne put que hocher la tête en signe de réponse.

— Tu es vraiment gentille. Merci ! Je t'aime.

Sarah abandonna ses valises, déposa un baiser expéditif sur la joue de Jolane et se libéra des courroies qui encombraient ses épaules.

Elle s'élança ensuite sur le trottoir de la rue Port-Dauphin à la recherche d'un taxi qui l'emmènerait à l'hôpital Saint-Sacrement où elle retrouverait mamie Loulou. Mamie Loulou l'avait toujours comprise, avait toujours respecté ses choix, avait toujours été de bon conseil.

CHAPITRE 10

New York, 18 octobre

Milos se réveilla avec le bras d'Océane reposant contre sa poitrine. Comme il était bien! Cette position – surtout avec cette fille-là! – était naturelle et confortable. Il pouvait facilement s'imaginer se réveiller tous les matins ainsi, avec Océane collée contre lui, dans son dos, en cuillère. Tous les matins? Oui. Mais présentement, ce n'était pas le matin. Milos jeta un œil à son réveille-matin. Il était seize heures. Pourtant, avec le décalage horaire, c'était plutôt la nuit pour lui. Qu'à cela ne tienne, Milos se sentait en pleine forme. Était-ce le petit somme qu'il venait de piquer après avoir fait l'amour avec Océane qui l'avait ragaillardi? Était-ce le fait d'avoir fait l'amour avec Océane? Était-ce son nouvel état de vampire? Il ne le savait pas trop, mais il baignait dans le bonheur et ne sentait pas du tout la fatigue.

Il avait évité qu'Océane ne voit la morsure dans son cou, mais il savait qu'il ne pourrait pas garder le secret très longtemps s'il voulait continuer de faire l'amour avec elle.

Il caressa doucement les doigts de sa bien-aimée. Ces doigts si doux, si habiles, si gracieux, attachés à ces mains à la fois si agiles, si féminines et si curieuses.

Le jeune homme réussit à pivoter sans réveiller la beauté qui dormait paisiblement à ses côtés, comblée, le sourire aux lèvres. Ainsi, il put la regarder, l'observer, la contempler. Les yeux de Milos caressaient le corps d'Océane et celle-ci gémissait de plaisir, dans son sommeil, comme si le jeune homme la parcourait sensuellement du bout des doigts. Les yeux de Milos s'écarquillèrent. Était-ce un de ses nouveaux pouvoirs de vampire ? Il pouvait caresser les filles seulement avec ses yeux ? Il étouffa un petit rire, se trouvant ridicule de penser ainsi.

Quel plaisir ils avaient eu à faire l'amour quelques heures plus tôt ! Ils avaient eu l'impression de se découvrir, de se partager l'un et l'autre pour la première fois, et pourtant, ils se connaissaient déjà. Ils avaient déjà fait l'amour ensemble. Cette expérience avait été particulière parce qu'ils avaient ressenti le plaisir et l'anticipation très excitante de la première fois tout en en évacuant les côtés plus agaçants, plus inconfortables, plus angoissants. Ils avaient fait l'amour comme un couple en osmose, comme un duo inséparable, comme des molécules en fusion, comme des notes de musique indissociables de la magie harmonique.

Milos sourit. Toutes ces réflexions se promenaient dans sa tête, mais il ne pouvait s'empêcher de se dire que cette évolution s'inscrivait dans l'ordre des choses. Après tout, honnêtement, il n'avait jamais vraiment eu l'impression de juste *coucher* avec Océane. Il sentait plutôt qu'ils avaient toujours fait l'amour, même la première fois, ce qui ne lui était encore jamais arrivé.

Et Océane était toujours là à ses côtés, paisible, belle, radieuse, délicieuse, offerte à lui. Soudain, Milos réalisa que ses nouveaux instincts de vampire le tenaillaient. Il la regardait dormir et ne la trouvait plus seulement désirable du point de vue amoureux ou sexuel, mais également du point de vue… vampirique !

Étendue comme ça, nue sous les draps, elle était si calme, si attirante, si vulnérable, si disponible… Il serait si facile pour lui de la prendre maintenant, de la vampiriser, de l'emmener avec lui pour qu'ils vivent ensemble éternellement dans la cohorte. Il serait le prince des vampires, elle deviendrait sa princesse. Sa seule et unique. Son exclusive. Il brossa doucement les cheveux blonds d'Océane avec ses doigts. Il dégagea le cou sensuel de son amoureuse. Il y approcha sa bouche, humecta légèrement ses lèvres et y déposa un long baiser. Le corps d'Océane frémit de plaisir et la jeune femme laissa échapper un petit gémissement. Sous ses doigts, Milos sentit la chair de poule naître sur le bras de sa bien-aimée. Cette sensation éveilla son excitation.

Océane était consentante, heureuse, prête à tout. Non ? Non. Peut-être aurait-elle été prête à recevoir plus de touchers et d'effleurements, même des caresses moins subtiles qui l'auraient éventuellement réveillée, mais Milos pouvait-il interpréter sa disponibilité comme une invitation à la faire entrer dans la cohorte des vampires, un geste qui changerait sa vie à tout jamais ? Non. S'il la prenait ainsi, s'il la faisait vampire, ne serait-ce pas comme un viol ? S'il la mordait sans lui demander la permission, ne serait-ce pas la pire des trahisons ?

Envahi par la culpabilité, Milos referma les yeux, soulagé de ne pas avoir agi impulsivement. Il embrassa encore son amoureuse dans le cou, profitant de la proximité pour s'enivrer du parfum naturel d'Océane.

— Mmmmm… je n'ai pas rêvé ? dit-elle en se réveillant. Tu es vraiment là ?

Elle s'approcha de Milos pour l'enlacer avant d'ajouter, coquinement :

— Mmmmm… Tu es VRAIMENT là !

Ensemble, ils ricanèrent et s'embrassèrent en se tiraillant amoureusement dans le lit de Milos.

— Je t'aime, avoua encore Océane, un peu essoufflée après quelques minutes de jeux qui se terminèrent avec Milos cloué sur le dos, les mains d'Océane tenant solidement les poignets du jeune homme contre le matelas.

Milos fit un petit sourire égrillard avant de soulever légèrement son bassin vers sa geôlière.

— Moi aussi… comme tu peux voir !

Les yeux d'Océane s'écarquillèrent et elle se retint pour ne pas éclater de rire, préférant jouer la vierge offensée.

— Pervers ! s'écria-t-elle avant de gifler Milos avec plus de force qu'elle ne l'entendait.

Milos, abasourdi, lut tout de suite du regret sur le visage d'Océane, qui porta ses mains à sa bouche en inspirant.

— Excuse-moi !

Milos fronça les sourcils.

— Excuse-moi? répéta-t-il lentement. Excuse-moi? C'est tout ce que tu trouves à dire?

Il y eut un moment de silence. Océane ne savait pas quoi faire.

— Tu ne t'en tireras pas aussi facilement… Wet One! dit Milos, avant de renverser Océane sur le lit pour la chevaucher et la chatouiller jusqu'à ce qu'elle en pleure de rire, à bout de souffle.

— Arrête, Milos! Arrête!

Milos s'en donna à cœur joie, n'allouant à Océane que quelques courtes secondes de répit. D'un seul petit coup de coude bien placé, Océane aurait pu mettre fin à son supplice, mais elle choisit de jouer honnêtement, sans coup bas!

Lorsque Milos libéra enfin sa victime, cette dernière était mouillée de sueur et de larmes, complètement épuisée et vidée.

— M'aimes-tu encore? demanda Milos, taquin.

— Sadique! cria Océane, faussement contrariée avant de se laisser tomber sur le ventre.

Milos entreprit de gratter doucement le dos humide de son amoureuse, ce qui la fit gémir de bonheur.

— La dernière fois que j'ai eu droit à une séance de chatouillis comme ça, c'était avec ma sœur, avoua Océane.

— Est-ce qu'elle est aussi belle que toi ? lança Milos, du tac au tac.

Océane poussa un cri de découragement.

— Tu as vraiment l'esprit tordu, Milos Menzel ! dit-elle avant de se cacher le visage dans un oreiller.

Milos ricana un peu avant de dire, feignant la naïveté :

— Ben quoi ?

Il s'étendit ensuite près d'Océane tout en caressant toujours le dos de sa copine. Elle tourna la tête vers lui. Face à face, ils échangèrent quelques baisers avant qu'Océane dise :

— C'est fou quand même que nous en soyons déjà là après si peu de temps, non ?

Ils n'avaient pas besoin d'en dire plus. Ils demeurèrent dans cette position, Océane se laissant caresser doucement. Les klaxons des rues de New York ponctuaient leur bonheur et leur rappelaient qu'il y avait encore un univers autour d'eux.

Océane inspira profondément, comblée, et ferma les yeux en souriant. Milos continua à la contempler, heureux, jusqu'à ce qu'il voit apparaître le visage colérique de son père sur les paupières de sa chérie. Il sursauta brusquement.

Océane ouvrit les yeux.

— Qu'est-ce qu'il y a ?

Milos réalisa qu'il s'était assoupi et que l'image qui l'avait troublé n'était apparue que dans un rêve semi-conscient.

— Euh… rien. Je… j'allais dormir et… j'ai rêvé que je trébuchais dans un filet de soccer !

Océane sourit en fronçant les sourcils.

— Ton sport favori ?

— Ouais…

— Tu t'entendras bien avec mon père.

Les images se bousculèrent dans la tête de Milos. Son père biologique, son père adoptif, le père d'Océane, Zinedine Zidane, Gianluigi Buffon, Bruno Martini, Dino Zoff… Océane semblait chercher une explication dans les yeux de Milos.

— Ouais, je sais. C'est bizarre, les rêves, parfois… se contenta-t-il de dire.

Rassurée, Océane referma les yeux, prête à se rendormir auprès de son amoureux.

Milos n'arrivait plus à fermer l'œil. Son père ne lui était peut-être pas vraiment apparu sur les paupières d'Océane, mais cette image l'avait néanmoins troublé et ramené à la réalité. Qu'allait-il faire maintenant ?

Le jeune homme se redressa et tourna le dos à Océane. Il posa ses pieds sur le plancher froid de sa chambre.

— Je n'aurais pas dû revenir, murmura-t-il en laissant sa tête retomber dans ses mains.

— Quoi ? dit Océane, à moitié endormie. Tu n'aurais pas dû revenir ? Qu'est-ce que tu racontes ?

Milos réalisa qu'il avait dit tout haut ce qu'il avait voulu garder pour lui.

— Hein? Euh… ouais… J'aurais dû rentrer à Melnik chez mes parents. J'aurais évité de te blesser.

Complètement perdue, Océane reprit:

— Comment? Nous venons tout juste de nous dire que nous nous aimons. Si tu étais parti, tu m'aurais blessée encore plus, voyons!

Tiraillé entre son désir de tout dévoiler à Océane et sa peur de tout foutre en l'air s'il le faisait, Milos s'exclama:

— Mais je ne suis plus le même maintenant!

Océane caressa le dos de Milos.

— Nous ne serons plus jamais les mêmes, mon amour, souffla-t-elle.

Milos réalisa que plus il repousserait le dévoilement de la vérité, plus il s'enliserait dans des demi-vérités et des non-dits toujours plus compliqués.

— Nous nous aimons, ajouta-t-elle. C'est tout ce qui compte, non?

Milos ferma les yeux.

— Si seulement c'était si simple, se contenta-t-il de dire.

Océane fronça les sourcils, dans un état de confusion encore plus grand.

«Si je lui avoue tout, spécula Milos dans sa tête, ou elle prendra ses jambes à son cou, ou l'amour qu'elle a pour moi sera assez fort pour qu'elle reste et qu'elle accepte de me suivre dans ma nouvelle vie.»

Milos poussa un soupir de découragement.

— Qu'est-ce qu'il y a? demanda encore Océane.

«Et si je ne lui disais rien? Si nous continuions comme maintenant? Je la laisserais vivre sa vie d'humain, je continuerais à être son amoureux et je… vivrais une double vie.»

Milos soupira encore.

— Mais réponds-moi! insista Océane.

Il se composa un sourire et se tourna vers son amoureuse étendue près de lui.

— Je t'aime. C'est tout.

CHAPITRE 11

— Mamie ?

Assise dans le fauteuil près de son lit, la grand-mère de Sarah se tourna vers la porte. Son visage s'illumina comme le soleil.

— Sarah ! Ma belle chouette ! Tu es donc bien gentille de venir encore me rendre visite.

Sarah s'approcha lentement, attendant un minimum de remontrances de son aïeule.

— Viens m'embrasser ! se contenta de dire mamie Loulou.

Sarah se pencha sur sa grand-mère et la serra doucement tout en l'embrassant. Louise jeta un œil à sa montre.

— Tu arrives de l'école ?

Sarah réalisa que ses parents n'avaient rien dit à sa grand-mère. Sans doute avaient-ils voulu lui éviter toutes les inquiétudes qu'ils subissaient. C'était logique.

Elle aurait dû y penser. Cette situation la prit néanmoins par surprise. Elle balbutia :

— Euh… oui, c'est… c'est ça. J'étais à l'école et je suis venue te voir, tout de suite après. Je… Mes parents sont au courant. Ne t'inquiète pas.

Mamie Loulou sourit et invita Sarah à s'asseoir tout près pour qu'elles puissent se parler dans le blanc des yeux.

— Alors c'était comment, le Musée de la civilisation, lundi ? s'enquit la grand-mère.

Sarah demeura bouche bée. Ses parents avaient inventé une sortie scolaire pour justifier sa… disparition ? Il fallait jouer le jeu.

— C'était… agréable. J'ai… bien aimé ça.

Mamie Loulou sourit, satisfaite.

— Je t'y avais emmenée quand tu étais petite. Tu avais couru dans toutes les directions. Je n'arrivais pas à te suivre ! Tu étais trop jeune, dans le temps. Je ne sais pas ce que j'avais pensé. J'imagine que tu as trouvé ça beaucoup plus intéressant cette fois-ci.

Encore une fois, Sarah se sentit prise au piège. Elle détestait mentir à Louise, mais ne valait-il pas mieux un mensonge pieux pour la protéger ?

— Oui, j'ai… vraiment trouvé ça intéressant.

Louise eut un sourire coquin.

— Étais-tu avec ton beau Simon ?

Sarah n'était quand même pas pour ajouter au mensonge. Il fallait en inventer un autre pour empêcher celui de ses parents de prendre des proportions démesurées.

— Non. Il… il était absent lundi.

— Oh! C'est dommage! Tu es toujours amoureuse de lui? Tu iras au bal costumé du Petit Séminaire avec lui?

Sarah rougit.

— J'espère… En principe, oui.

Sarah se rendit compte que, si elle ne changeait pas rapidement de sujet, elle serait forcée d'inventer encore toutes sortes de choses pour éviter de dire la vérité à sa grand-mère adorée.

Elle reprit :

— Toi, mamie? Est-ce que tu vas bien? Je trouve que tu as l'air vraiment mieux que la dernière fois que je t'ai vue.

Les joues de Louise s'empourprèrent.

— Ah, c'est incroyable comme je me sens mieux, Sarah. Je ne le crois même pas moi-même. Tu sais combien j'avais de la difficulté à me lever et à marcher la dernière fois que tu es venue me voir. Eh bien, maintenant, c'est comme si j'avais vingt ans de moins.

Est-ce que sa grand-mère disait cela pour l'encourager? Tentait-elle de la protéger à son tour? Était-elle en train de vivre une réadaptation miraculeuse? Les prières de son entourage avaient-elles été entendues?

— Regarde!

Sans plus de cérémonie, Louise se leva d'un bond et fit quelques pas de danse devant Sarah avant de contourner sa petite-fille pour aller trottiner de l'autre côté du lit où il y avait plus d'espace. Après quelques mesures de valse, elle virevolta sur elle-même et ouvrit les bras vers Sarah en poussant un très théâtral :

— TADAM!

Sarah n'en croyait pas ses yeux. Devant l'air ébaubi de sa petite-fille, Louise se mit à rire et regagna sa place avant d'ajouter :

— Je te jure, ma chérie, je n'en reviens pas! J'ai l'impression d'être ressuscitée.

Incrédule, Sarah regarda sa grand-mère.

— Mais voyons, mamie! Pour ressusciter, il faut mourir… et moi, je ne veux pas que tu meures.

Louise éclata de rire, puis elle prit les mains de Sarah dans les siennes.

— Mais non, belle enfant! Je ne suis pas près de mourir, ne t'inquiète pas. C'est tout le contraire. Ce que je veux dire, c'est que je me sens revivre. Et tout ça, c'est…

Louise s'interrompit et regarda partout autour d'elle avant de s'approcher de Sarah pour lui confier :

— Tout ça, je pense que… c'est grâce à un homme.

Titillée, Sarah adopta le même ton de confidence que sa grand-mère.

— Ton monsieur Potvin qui a huit ans de moins que toi?

Louise eut un petit soubresaut, amusée.

— Ah, mon Dieu, non! Pas lui. C'est un autre. Un nouveau résident qui est arrivé lundi soir… pour le souper.

Ce fut au tour de Sarah d'être amusée. Elle trouvait que la vie sociale de Louise était plutôt active pour une femme de quatre-vingt-sept ans, hospitalisée de surcroît!

— Wow, mamie! Tu ne perds pas de temps. Tu es pas mal déniaisée!

Louise éclata de rire.

— À mon âge, pas de temps à perdre. C'est maintenant ou jamais!

Sarah inspira, faussement scandalisée par les propos de sa grand-mère.

— Comme je te disais, monsieur Sarrazin…

— Monsieur Sarrazin? dit Sarah en fronçant les sourcils. Il doit être mince comme une galette.

Louise rigola et porta sa main à sa bouche.

— Sarah, franchement!

— Ben quoi?

— Il est très gentil… et mince… mais pas comme une galette !

Sarah et sa grand-mère rirent ensemble de bon cœur avant que Louise ne poursuive son récit.

— Tout ça pour te dire que monsieur Sarrazin est arrivé un petit peu avant l'heure du souper, lundi. Il venait de s'installer dans sa chambre et, quand il est arrivé avec son plateau à la cafétéria, il m'a demandé tout gentiment s'il pouvait s'asseoir avec moi.

Sarah écouta attentivement sa grand-mère avant de s'exclamer :

— Ooooooh ! C'est romantiiiiiique !

Louise ne s'en formalisa pas puisqu'elle se permettait, elle aussi, de taquiner Sarah lorsque cette dernière lui racontait ses histoires d'amour. C'était un petit jeu qu'elles avaient depuis un moment et qui ne faisait qu'alimenter leur belle complicité.

— Tu aurais dû l'entendre. Il s'est approché de moi. J'étais déjà assise, en train de manger. J'étais seule parce que madame Lafontaine était restée dans sa chambre. Elle ne se sentait pas bien. Toujours est-il que monsieur Sarrazin m'a demandé : « Excusez-moi, madame. Comme je ne suis plus jeune jeune, il arrive que mes yeux me jouent des tours. Est-ce que je vois mal ou vous mangez seule ? » C'est mignon, hein ?

Sarah fronça encore les sourcils. Peut-être qu'elle était trop jeune pour comprendre l'humour des personnes âgées, mais… elle aurait eu plutôt tendance à trouver que c'était LAID. Elle ne voulait cependant pas gâcher le plaisir de sa grand-mère. Elle se contenta de hocher la tête en ouvrant grand les yeux et en souriant gentiment.

— Puis, il s'est présenté et m'a dit qu'il était nouveau ici. Ensuite, il m'a demandé s'il pouvait me tenir compagnie.

En voyant le bonheur dans les yeux de sa grand-mère, Sarah eut envie d'encourager cette nouvelle liaison.

— C'est vrai que c'est beau, mamie. Je suis contente pour toi.

Louise ne doutait pas que Sarah approuverait sa nouvelle relation puisqu'elles s'étaient toujours respectées mutuellement. Il semblait y avoir une espèce d'entente cosmique qui les unissait malgré leur différence d'âge.

— Je te le dis, Sarah, cet homme est un vrai tonique. Depuis qu'il est arrivé, nous avons passé beaucoup d'heures ensemble. Nous avons parlé de tout et de rien, nous nous sommes raconté nos vies… C'est fou. Je ne me suis pas sentie aussi bien avec un homme depuis ton grand-père.

Amusée, Sarah relança sa grand-mère.

— Et ton petit jeune de soixante-dix-neuf ans, monsieur Potvin? Il doit être jaloux de ton nouvel amoureux?

Louise balaya l'air de ses mains comme pour dire que celui-ci ne figurait plus dans le scénario.

— Il savait ce qu'il avait à faire et il a trop attendu. Tant pis pour lui!

— Mamie !

— Quoi ?

Louise se leva encore de son fauteuil sans hésitation et sans même se tenir aux appuie-bras. Elle prit les mains de Sarah et l'obligea à se lever.

— Je suis vraiment très contente que tu sois là ! As-tu le temps de souper avec moi avant de retourner à la maison ? Je pourrais te présenter mon nouveau prétendant…

Sarah était bouche bée. La dernière fois qu'elle était venue voir Loulou, cette dernière avait besoin de l'aide d'un préposé aux bénéficiaires pour se lever, et celui-ci devait faire preuve d'une grande délicatesse pour ne pas qu'elle souffre. Aujourd'hui, sa grand-mère se promenait dans sa chambre comme si elle avait eu l'âge de sa fille !

— Si tu as autre chose ou… si tu as trop de devoirs, je ne te retiens pas, hein ? Même si je t'invite, ne te sens pas obligée d'accepter.

Louise était devant sa glace et retouchait son maquillage comme une adolescente qui se préparerait pour un *party*. Sarah n'en croyait pas ses yeux !

— Euh… oui, oui, je… je veux bien. Mais il faut que j'appelle mes parents. Je leur avais dit que je venais te rendre seulement une visite éclair et que je reviendrais tout de suite après à la maison.

Louise rangea son rouge à lèvres et se tourna vers Sarah.

— Comment me trouves-tu?

Amusée, Sarah ne put que balbutier:

— Monsieur La Galette va te trouver très belle, mamie.

— Arrête donc, petite coquine! Viens que je te le présente!

Louise se tourna vers la porte de sa chambre et sursauta. Devant elle se trouvait son beau monsieur Sarrazin qui venait la chercher pour le souper.

— Bonsoir, Louise. Excusez-moi, je ne voulais pas vous faire peur.

Comme une écolière du début du XXe siècle, Louise rit en portant une main à son cou et roucoula:

— Ah, ce n'est rien, Victor. J'allais justement vous retrouver.

Le vieil homme, élégamment vêtu, s'approcha lentement de Sarah en tendant la main.

— C'est votre petite-fille, Louise? Comme je suis heureux de faire ta connaissance, Sarah! Ta grand-mère m'a beaucoup parlé de toi. Je suis honoré.

Sarah sourit difficilement – elle n'était pas habituée à autant de formalités – et tendit poliment la main. Victor Sarrazin l'accepta et la serra avec douceur.

— Je voulais justement vous présenter, dit mamie Loulou, heureuse de voir son nouvel amoureux avec sa jeune complice. Je suis contente.

Sarah rougit.

— Tu es charmante, belle enfant. Comme ta… comme ta grand-mère, dit monsieur Sarrazin après une brève hésitation.

Mamie Loulou saisit l'autre main de Sarah avant de s'exclamer :

— Sais-tu ce qui est vraiment fou, ma chérie ? Victor et moi, nous nous connaissions quand nous étions petits. Nous habitions dans la même rue. Nous nous étions perdus de vue pendant toutes ces années. C'est incroyable, hein ?

Impressionnée, Sarah poussa un petit « Wow ! » avant de se retourner vers monsieur Sarrazin qui dit :

— Cette rencontre fortuite à l'hôpital est en quelque sorte… des retrouvailles !

Soudain, l'air d'enfant émerveillé de Sarah se transforma. L'horreur se lisait maintenant sur le visage de la préadolescente.

Dans l'œil de monsieur Sarrazin, Sarah avait reconnu son père biologique, le comte Dracula.

— Mamie ? souffla-t-elle d'une voix étouffée, sans quitter les yeux de l'homme.

— Oui, mon trésor ?

Sarah ravala sa salive.

— Je…

Le comte Dracula fixait intensément sa fille et lui souriait. Mais Sarah savait que ce rictus troublant visait surtout à maintenir son subterfuge devant Louise.

Pour combler le silence, la grand-mère de Sarah poussa, à la rigolade :

— Il est charmant, hein ? Tu ne vas pas essayer de me le voler, au moins ?

Dracula et Sarah se forcèrent à rire, tous deux pour des raisons différentes.

La jeune fille avait tout compris. Si sa grand-mère était en pleine forme, si elle se sentait revivre, si elle avait l'impression d'être ressuscitée, c'était parce que… son infâme vampire de père, sous les traits d'un sympathique vieillard, l'avait fait entrer dans la cohorte.

— Tu restes à souper avec nous, Sarah ? dit d'une voix doucereuse le faux Victor Sarrazin.

CHAPITRE 12

Killester, 18 octobre

Rick ramassa l'argent que lui avait laissé Elizabeth sur la table du restaurant et regarda partout autour de lui. Où pouvait-elle être passée? Cette fille était une véritable girouette, une feuille d'automne au vent! Étourdissante, oui, mais combien charmante, belle, déterminée, drôle, intelligente, libre… folle! Et surtout capable de le rendre fou!

Difficile pour Rick de se l'avouer, mais… il était épris. Amoureux? Peut-être fallait-il attendre un peu avant de sortir les grands mots. D'autant plus que, si Elizabeth n'arrêtait pas de disparaître comme ça, leur relation n'irait pas très loin.

Rick jeta un œil à sa montre. Quinze heures vingt-cinq. Il terminait son quart de travail dans cinq minutes. Il avait passé la dernière heure à réfléchir sur sa relation avec Elizabeth, la conversation rapide qu'ils avaient eue plus tôt, celle qu'ils allaient avoir lorsqu'il aurait terminé… s'il réussissait à la retrouver! Peut-être était-elle allée se promener dans le centre commercial en attendant qu'il soit libre? Peut-être avait-elle des emplettes à faire? Peut-être avait-elle décidé d'aller lui acheter un cadeau pour se faire pardonner?

Une chose était certaine, elle avait intérêt à ne pas lui faire faux bond comme la dernière fois. Comme le disait si bien le dicton : «Fous-toi de ma gueule une fois, honte à toi; fous-toi de ma gueule deux fois, honte à moi.»

Elizabeth semblait instable et irresponsable, mais Rick voulait croire qu'il ne s'agissait que d'une impression. Il souhaitait tant pouvoir compter sur elle.

Le jeune homme sourit en essuyant ses mains sur son tablier et en jetant un dernier coup d'œil à sa montre. Il inspira profondément, se gonflant d'espoir, et chercha Elizabeth des yeux tout autour. Reviendrait-elle bientôt? Il était prêt à l'attendre quelques minutes.

†

La pluie s'était quelque peu calmée et Elizabeth avait résolu de marcher jusque chez elle, à Killester. C'est là qu'elle avait rencontré monsieur Bradley pour la première fois dans la cour arrière de la maison de ses parents, où il l'avait saisie contre son gré pour l'emmener jusqu'au château du comte Dracula dans les Carpates. Cela remontait à seulement quatre nuits plus tôt. Incroyable tout ce qui s'était passé en si peu de temps…

Exténuée et trempée jusqu'aux os, elle franchit la barrière puis chuchota :

— Monsieur Bradley? J'ai tellement besoin de vous. S'il vous plaît…

Elizabeth jeta un œil à la maison familiale. Elle semblait déserte. Sa mère était sans doute de garde à l'hôpital et son père avait sûrement repris ses horaires habituels au bureau. Elle ne sentait pas le besoin de se cacher. Elle ne voulait pas que ses parents la voient, mais elle était convaincue qu'ils étaient absents.

— Je me sens ridicule de vous parler comme ça, à voix haute, alors que vous n'êtes même pas là. Mais je ne sais pas comment vous joindre autrement. Comment communiquer avec vous? Je ne veux pas inventer un conte de fées pour apaiser la colère de Rick. Je veux lui faire comprendre la vérité. Mais sans vous…

La pluie reprit de plus belle. Elizabeth hésita entre l'abri que lui procurerait sa maison et le froid et l'insécurité de l'errance dans les rues de Killester. «Comme toute personne anormale, je choisis l'insécurité», se dit-elle, ironique.

Elle jeta un œil à sa montre. Quinze heures quarante. Son cœur se mit à battre la chamade. Rick avait terminé son quart de travail. Il l'attendait. Elle était loin du restaurant et n'avait pas vu le temps passer. Il fallait retourner vite là-bas avant qu'il s'impatiente et quitte. Elle ne pouvait pas manquer ce rendez-vous.

Elizabeth ouvrit la barrière et entreprit de refaire le chemin au pas de course jusqu'au restaurant. Pendant qu'elle courait, elle sortit son téléphone cellulaire et composa le numéro de Rick. Elle tomba sur la boîte vocale de son amoureux.

— Rick, c'est moi! dit-elle, haletante, en courant toujours. Attends-moi, j'arrive. J'ai voulu… profiter du fait que tu travaillais pour... me rendre chez mes parents. Mais là, je reviens. Je suis en route. Je t'aime.

Elle raccrocha, sans diminuer le rythme de sa course. En écoutant le message, Rick entendrait-il son hésitation et détecterait-il la demi-vérité? Elle était retournée chez ses parents... mais pas pour voir ses parents. Peu importe. Elle trouverait un moyen de le convaincre que son amour était plus fort que tout. Mais il fallait qu'elle arrive à temps. Heureusement qu'elle était en forme... et qu'elle avait laissé ses bagages dans le casier à la gare! Elle s'imagina, courant avec valises et sacs dans les rues de Killester et gloussa.

— J'arrive, Rick, cria-t-elle à voix haute, comme s'il pouvait l'entendre.

Elle s'arrêta ensuite un moment pour reprendre son souffle. En repensant à ce qu'elle venait de crier, elle s'avoua que la scène ressemblait à celle d'une comédie romantique américaine cucul. «J'espère que personne ne m'a vue», ricana-t-elle.

Haletant laborieusement, elle jeta à nouveau un œil à sa montre. Elle décida de rappeler Rick. Toujours la boîte vocale...

— Allô? C'est encore moi. J'étais loin, mais je m'en viens. Je serai bientôt là. Je t'aime. Tu m'attends, hein?

De moins en moins convaincue que Rick serait sur place à son arrivée au restaurant, Elizabeth résolut néanmoins de reprendre sa course.

†

— Il y a quand même des limites à faire rire de soi, dit Rick entre ses dents en jetant machinalement un regard à sa montre sans vraiment porter attention à l'heure.

Il ne s'était écoulé qu'une trentaine de secondes depuis la dernière fois qu'il avait posé le même geste. Il faisait le pied de grue devant la grande vitrine du Graham O'Sullivan Restaurant depuis près d'une demi-heure, soit depuis la fin de son quart de travail. Le jeune homme renonça et décida de rentrer chez lui.

— C'était la dernière fois que tu jouais avec mes sentiments, Elizabeth Gurney.

Il enfila son sac en bandoulière sur son épaule et s'élança sous la bruine automnale.

†

Vers seize heures dix, Elizabeth arriva devant le restaurant. Voyant que Rick n'y était pas, elle entra tout de suite dans le commerce. Elle repéra aussitôt Julie, la collègue de Rick.

— Excuse-moi. Tu t'appelles Julie, n'est-ce pas?

La jolie serveuse répondit par l'affirmative.

— Nous ne nous connaissons pas, reprit Elizabeth, mais…

— Tu es l'amoureuse de Rick, compléta Julie.

Elizabeth rosit de plaisir.

— Est-ce qu'il est toujours là?

— Non. Il est parti il y a une vingtaine de minutes.

Le cœur d'Elizabeth se dégonfla.

— Il a attendu pendant un moment devant le restaurant. Je croyais qu'il attendait que quelqu'un vienne le chercher. À un moment, j'ai regardé dehors et il n'était plus là. Je suis désolée…

Elizabeth se mordit la lèvre inférieure.

— Est-ce qu'on est destinés à se manquer toujours comme ça? demanda-t-elle davantage au destin qu'à Julie.

Cette dernière haussa les épaules et se remit au travail.

Elizabeth composa à nouveau le numéro du cellulaire de Rick. Elle tomba une fois de plus sur la boîte vocale.

— Rick? Je suis revenue au restaurant trop tard. Excuse-moi. Je ne sais pas quoi te dire. Veux-tu que je t'attende ici? Veux-tu que je te rejoigne quelque part? Rappelle-moi. Tu connais mon numéro. Je t'aime.

C'était son troisième message. Rick avait-il éteint son téléphone ou refusait-il de répondre lorsqu'il voyait le numéro d'Elizabeth sur l'afficheur? Il devait tellement lui en vouloir!

— Je ne peux pas croire que je l'ai encore manqué! vociféra la jeune fille en se laissant choir sur une chaise.

Personne ne l'entendit. Le restaurant était vide.

— Est-ce que je peux t'apporter quelque chose? demanda Julie en revenant de la cuisine.

— Hein ? dit Elizabeth en sursautant.

— Tu es assise dans ma section. Veux-tu manger quelque chose ?

Elizabeth poussa un soupir de découragement.

†

Quelques minutes plus tard, Elizabeth se retrouva encore une fois sur les trottoirs d'Artane, en route vers la maison familiale à Killester. Cette fois, elle marchait beaucoup plus lentement, même si la pluie sévissait toujours. Elle avait été trempée, s'était séchée un peu, avait été encore mouillée… Bref, elle était transie. La pluie froide se mêlait toujours à ses larmes chaudes sur ses joues, mais cela la laissait indifférente. Elle s'immergerait bientôt dans un bain chaud, enfilerait des vêtements secs et finirait par se remettre de cette journée folle.

Elle avait perdu Rick. Tout était terminé maintenant à cause de cette damnée nouvelle vie qui l'attendait. Cette nouvelle vie qui faisait tout basculer, qui fracassait tout.

Elle se préparait psychologiquement à affronter ses parents. Elle espérait qu'ils ne seraient pas encore revenus du travail lorsqu'elle arriverait à la maison, ce qui lui permettrait de reprendre possession du territoire avant qu'ils ne lui tombent dessus. Après tout, il fallait qu'elle s'attende au pire.

Elizabeth avait toujours été un peu rebelle, un peu délinquante. Elle avait toujours donné du fil à retordre à ses parents. Mais cette fois, elle avait sans doute dépassé les bornes avec cette disparition, que ses parents verraient comme une fugue de plusieurs jours. Elle ne put s'empêcher de se dire que, si elle avait été un garçon, Molly et Patrick se seraient tracassés beaucoup moins. C'était tellement stupide! En quoi était-il pire de fuguer quand on avait des ovaires que quand on avait des testicules? Pourquoi l'appareil génital d'une personne serait-il un élément d'influence sur la réaction des parents? Il y avait plus de danger d'être attaqué, violé, blessé, tué si on était une fille? Mais penser ainsi n'était-ce pas perpétuer le fameux cliché, à savoir que les femmes et les filles étaient «le sexe faible»? Elizabeth refusait d'adhérer à cette théorie, mais elle était néanmoins convaincue que ses parents auraient été beaucoup moins inquiets si son frère Michael avait fait une fugue à quinze ans. Quelle drôle d'idée que d'imaginer Michael faire une fugue! Malgré tout l'amour et le respect qu'elle avait pour lui, Elizabeth devait s'avouer que son frère adoptif n'aurait jamais eu les couilles pour faire ça!

Pendant le trajet, Elizabeth créa dans sa tête toute une série de scénarios au sujet de ses retrouvailles avec ses parents. Peut-être devrait-elle attaquer d'entrée de jeu et leur dire qu'elle était maintenant au courant de son adoption et de leurs mensonges pendant toutes ces années, et que c'était pour *ça* qu'elle s'était poussée pendant quelques jours: pour réfléchir à son avenir. Wow, quelle bonne idée! C'était presque poétique, formulé ainsi! Oui, mais c'était un mensonge. Et ils voudraient savoir comment elle avait appris la nouvelle. Quand elle leur dirait que c'était par la bouche d'un étrange laquais de son père biologique qui avait la capacité de se transformer en chauve-souris et qui l'avait transportée dans ses bras jusqu'au château du comte Dracula en Transylvanie, que penseraient-ils ? Elle pourrait aussi bien leur dire qu'elle était Cendrillon, tant qu'à y être !

La jeune femme tourna le coin de la rue qui passait derrière le domicile familial, résolue à rentrer à la maison par la cour arrière. Elle aimait tant ces hautes haies qui protégeaient des regards indiscrets et qui, la nuit, pouvaient receler toutes sortes de créatures étranges inventées par des cerveaux imaginatifs.

La tête tournée vers la cime des haies, Elizabeth sentait la pluie sur son visage et dans ses yeux. Elle poussa la barrière de la cour, la referma derrière elle. En se retournant, elle heurta de plein fouet une silhouette qu'elle ne connaissait que trop bien.

— Décidément, tu en fais une habitude, plaisanta monsieur Bradley, avec un demi-sourire.

CHAPITRE 13

New York, 18 octobre

— C'est promis, je serai là. *Ciao!* dit Milos avant de raccrocher son téléphone cellulaire.

Océane apparut dans le corridor en s'ébouriffant la crinière.

— À qui parlais-tu?

— J'avais beaucoup de personnes à rappeler, avoua Milos. J'espère que je ne t'ai pas réveillée?

Océane vint s'asseoir près de Milos et déposa un baiser sur son épaule.

— Non, pas du tout.

— J'ai appelé mon directeur à l'Academy, expliqua Milos. Tu imagines qu'il n'a pas tellement apprécié que je disparaisse comme ça…

— Mais il a dû comprendre quand tu lui as dit quelle belle occasion s'offrait à toi avec ce producteur.

Milos ravala sa salive. Il avait décidé de changer de mensonge auprès des autorités du New York Film

Academy, de peur que celles-ci ne découvrent son subterfuge. Il avait préféré s'inventer une vilaine grippe... Il avait aussi servi cette histoire à Cassandra, la beauté rousse à laquelle il devait maintenant renoncer par amour pour Océane et qui fréquentait aussi l'Academy.

— Bah... j'ai préféré leur dire que j'avais été malade, raconta Milos. Comme ça... si jamais ça ne fonctionne pas pour le film, je n'aurai pas l'air fou. Il faut que j'aille à mes cours demain, sinon... mon semestre est foutu. Je ne voudrais pas compromettre mes études.

Océane acquiesça. Milos espéra qu'il ne croiserait pas Cassandra dans les couloirs de l'Academy dès la première journée de son retour. «Que je suis peureux!» se gronda-t-il silencieusement.

— Et j'ai téléphoné à Barry au Chelsea Cinemas, poursuivit Milos. Il m'avait laissé quelques messages. C'est à lui que je viens tout juste de parler. Il veut me rencontrer. Il dit qu'il a une proposition à me faire.

Océane s'emballa illico.

— Décidément, c'est ta semaine, ton mois chanceux!

Milos leva les yeux au plafond sans qu'Océane s'en aperçoive. Elle ne savait pas tout!

— Ouais... mon mois chanceux! répéta-t-il.

Océane encercla les épaules de Milos et le serra contre elle.

— As-tu téléphoné à tes parents? Je sais qu'ils se sont beaucoup inquiétés pendant ton absence.

Milos n'avait toujours pas rappelé ses parents. Il expliqua à Océane qu'avec le décalage horaire il était préférable d'attendre le lendemain matin avant de téléphoner à Melnik, car là-bas c'était actuellement le milieu de la nuit. Il ne parla pas de son appel à Zoya Kovalevskaïa. C'était la superbe gymnaste russe qu'il avait rencontrée après l'avoir vue dans *Wintuk* du Cirque du Soleil l'hiver dernier au Madison Square Garden et qui travaillait au Petrossian Café & Boutique de la 7ᵉ Avenue à Manhattan. Pourquoi compliquer les choses ? Il s'agissait d'une relation sans attaches, ce qui était clair entre les deux partenaires, que Milos n'entendait pas poursuivre maintenant qu'il avait, en quelque sorte, juré fidélité à Océane.

— Il ne faudrait pas que tu les oublies demain, dit Océane, en parlant des parents de Milos.

Ce dernier opina de la tête.

— Je n'oublierai pas. Mais je sais que Matthew les a rassurés pendant mon absence alors… ce n'est pas trop grave. Ils savent que je suis en sécurité.

— Parlant de ne pas oublier… reprit Océane, en jetant un œil à sa propre tenue on ne peut plus légère. J'étais en train d'oublier que tu as un coloc !

Milos regarda Océane un moment avant qu'un sourire coquin illumine son visage.

— Je te trouve très bien comme ça… et je suis certain que Matthew ne s'en formalisera pas non plus.

Océane donna une petite tape à Milos du revers de la main pendant que ses joues s'empourpraient. Puis, elle dit :

— N'empêche que je me demande où il est passé…

Elle retourna à la chambre pour retirer sa chemise de nuit et enfiler ses sous-vêtements, son jean et son chandail.

— Matthew ? Je ne m'inquiéterais pas trop pour lui, cria Milos pour qu'Océane l'entende jusque dans la chambre. Il est sans doute sorti voir des amis, si tu vois ce que je veux dire… Mais je peux toujours l'appeler sur son cellulaire, si ça peut te rassurer.

Océane replaça ses cheveux devant la glace.

— J'aimerais bien, oui ! dit-elle assez fort.

Pendant qu'il composait le numéro de Matthew, Milos ne put s'empêcher de penser que ce serait une douce vengeance s'il faisait sonner le téléphone de son colocataire pendant que ce dernier était dans une position compromettante avec un amant. « Il m'a dérangé tellement souvent ! » se dit-il en ricanant.

Milos entendit le message de la boîte vocale de Matthew et attendit le traditionnel « bip ».

— Matthew, c'est Milos… ton mari ! Rappelle à la maison pour nous dire ce qui t'arrive. Notre épouse s'inquiète. *Ciao !*

Océane revint au salon.

— On a beaucoup parlé lui et moi pendant ton absence. Je me suis rendu compte qu'il joue bien son rôle de gai insouciant qui carbure aux sensations fortes et aux relations sans lendemain, mais… je crois qu'il cache quelque chose.

Milos haussa les épaules.

— Mais non. Tu t'en fais pour rien. Je le connais, Matthew. Il ne joue pas de jeu, il ne porte pas de masque.

Océane secoua la tête.

— Je n'en suis pas si certaine. Tu le connais depuis plus longtemps que moi, mais justement… peut-être n'as-tu pas le recul qu'il faut pour voir certaines choses ?

Milos fut intrigué. Il faisait confiance au jugement d'Océane alors… il était possible qu'elle ait raison.

— Je me demande s'il est retourné voir Kevin. Tu sais, le gars du *Rocky Horror Picture Show* ? Il semblait l'aimer beaucoup et puis, pouf! plus de nouvelles. Il est peut-être en peine d'amour ?

Matthew en peine d'amour ? Milos avait de la difficulté à s'imaginer une telle chose. Matthew *jouant* une peine d'amour ? Matthew s'amusant à *feindre* une peine d'amour ? Il avait vu ça souvent. Mais une vraie ?

Milos demeura muet.

— En tout cas, moi, je l'ai trouvé bizarre pendant ton absence, conclut Océane.

CHAPITRE 14

Québec, 18 octobre

— Ah, mon Dieu, Sarah ! C'est vraiment toi ? Ça me fait tellement plaisir d'entendre ta voix. Où es-tu ? Je viens te chercher.

Sarah sourit timidement, heureuse elle aussi d'entendre la voix de sa mère adoptive au téléphone, mais troublée par le regard intimidant de son père biologique, alias Victor Sarrazin.

— Ne t'inquiète pas, maman. Je t'appelle de la chambre de mamie Loulou. Je suis avec elle… et son nouveau… copain.

Louise et Victor Sarrazin échangèrent un regard complice.

— Je t'appelais pour te demander la permission de manger avec eux. Mamie m'invite.

Lyne avait protégé sa mère depuis le début de toute cette aventure. Comme s'il avait été risqué que Loulou entende leur conversation, Lyne chuchota dans l'appareil :

— Tu n'as rien dit à Loulou, hein, Sarah ? Je…

Sarah coupa la parole à sa mère en disant :

— Pas de danger. Tu sais combien j'aime la soupe poulet et riz ici.

Lyne fronça les sourcils, mais comprit ensuite la stratégie de sa fille.

— Tu as bien fait. Je ne voulais pas l'inquiéter pour rien, enfin… pour rien, c'est une façon de parler. Tu es certaine que tout va bien, ma chérie ? Tu n'es pas blessée ?

Malgré son plaisir à jouer sur scène, Sarah n'aimait pas faire du théâtre dans le quotidien. Faire comme si, dans les circonstances actuelles, ce n'était pas agréable du tout.

— Je vais voir ce qu'il y a au menu principal. Je ne le sais pas encore.

Lyne sentit le malaise de sa fille et résolut de ne plus lui poser de questions auxquelles elle ne pourrait pas répondre, du moins, pour le moment.

— Excuse-moi, ma chérie. On en parlera plus tard. Va souper avec ta grand-mère. Ensuite, ne bouge pas. Ton père et moi arrivons tout de suite.

Sarah n'eut même pas le temps de protester que sa mère avait déjà raccroché.

— Mais je…

Louise interrogea Sarah :

— Alors ? Tes parents sont d'accord ?

Sarah hésita un moment, le regard tourné vers Victor Sarrazin.

— Euh… oui. Je vais manger avec vous et… ils vont venir me chercher après.

Sarah avait pesé chacun de ses mots. Pourquoi ? Tentait-elle d'intimider Dracula en dévoilant que ses parents adoptifs étaient en route ? Elle n'en savait rien. Elle savait cependant que cette soirée allait être très étrange… et elle s'en inquiétait !

— Ah, que ça me fait plaisir ! s'exclama Loulou en joignant les mains. Vous pourrez rencontrer ma fille Lyne et mon gendre David, Victor.

Monsieur Sarrazin sourit en ne quittant pas Sarah des yeux. Celle-ci ne sut trop comment interpréter ce regard, mais décida de le soutenir, déterminée à ne pas se laisser intimider.

— Je suis certain que Lyne est aussi… délicieuse que vous, Louise ! susurra le vieillard en glissant discrètement sa langue sur sa lèvre supérieure en fixant Sarah.

La jeune fille fut complètement décontenancée. Son père biologique était un être vraiment troublant !

Quelques minutes plus tard, les portes de l'ascenseur s'ouvraient à l'étage de la cafétéria et les trois convives en sortaient, accompagnés d'autres patients, employés et visiteurs.

— Comme toi, Sarah, je me demande ce que l'on propose comme choix de mets principal ce soir, avança

159

Victor Sarrazin dans le but apparent de faire la conversation.

Sarah le regarda, incrédule.

— J'ai beaucoup apprécié mon bifteck, hier soir. N'est-ce pas, Louise ? J'adore les viandes *saignantes*. Pas toi, Sarah ?

Cette dernière s'arrêta net et fronça les sourcils, plongeant son regard frondeur dans celui de son père.

— C'est drôle que vous me demandiez ça, monsieur… Sarrazin. Je disais justement à quelqu'un, pas plus tard que ce matin, que je détestais voir du sang dans mon assiette. J'aime les viandes bien cuites. Certains de mes amis disent même que je mange de la semelle de botte.

Le comte eut une moue qui traduisit sa déception pendant que Louise poussait un petit rire amusé et ajoutait son grain de sel.

— Moi aussi, j'ai toujours préféré le bœuf bien cuit, mais ce soir, j'aurais envie d'une viande plus… juteuse. Je ne sais pas pourquoi.

Sarah leva les yeux au plafond et posa ensuite son regard sur Dracula Sarrazin qui paraissait satisfait et fier de lui. «Quelle surprise ! » se dit ironiquement Sarah en fixant son père biologique.

— Ce soir, je pense que je vais prendre seulement la soupe et la salade !

Sarah agrippa un plateau et entreprit de choisir ses aliments pendant que Louise jetait un regard à son Victor, l'air de dire : «Ah, vous savez, parfois, les jeunes…»

Après avoir payé leurs repas, les trois convives entreprirent de se trouver une table. En déambulant dans la cafétéria, mamie Loulou saluait tout un chacun sur son passage, y allant d'un «Bonjour, vous!» par-ci et d'un «Ça va mieux, oui? Tant mieux!» par-là.

— Ici, ce serait parfait, hein? suggéra Louise en indiquant une table non loin de l'entrée. Comme ça, tes parents nous repéreront facilement quand ils arriveront.

Sarah devenait de plus en plus obsédée par le malaise qu'elle ressentait à l'idée de se retrouver au centre de cet étrange quatuor que formeraient ses parents adoptifs, sa grand-mère maternelle et son paternel vampire. «Ce sont des choses qui ne s'inventent pas!» se dit-elle, prise d'un trac fou.

— Mmmmm… cette soupe aux tomates est tout simplement succulente, dit monsieur Sarrazin en ne quittant pas Sarah du regard.

Souffrait-elle de paranoïa aiguë ou avait-il insisté sur chacun des sons «s» dans sa phrase, comme s'il avait voulu imiter un serpent? Sarah dévisagea Sarrazin et répliqua, en l'imitant :

— C'est super, ça!

Louise acquiesça.

— C'est vrai qu'elle est bonne.

Elle en prit ensuite une autre cuillerée fumante. Pour éviter de se brûler, elle souffla un peu dessus.

— Mais elle est très chaude. Tellement chaude qu'elle me *donne* chaud.

Au lieu de porter sa cuillère à sa bouche, Loulou la redéposa et entreprit de dénouer le foulard de soie qu'elle avait coquettement enroulé autour de son cou. Horrifiée, Sarah aperçut les deux trous cicatrisés laissés par les marques de dents de son père sur le côté de la gorge de sa grand-mère.

— MAMIE! s'exclama-t-elle, ce qui attira sur elle les regards de certains usagers de la cafétéria de l'hôpital. Euh... excusez-moi, excusez-moi, lança-t-elle à la ronde.

Puis elle se tourna vers sa grand-mère :

— N'enlève pas ton foulard, voyons! Il est si beau!

Surprise, Loulou replaça docilement le foulard pour faire plaisir à Sarah.

— D'accord, ma chérie.

Comprenant ce qui venait de se passer, Dracula Sarrazin sourit malicieusement et souffla :

— C'est vrai qu'il découpe bien votre cou, Louise. Magnifique!

Sarah le fusilla du regard pendant que Louise, ignorant ce qui se passait sous son nez, le remerciait pour le gentil compliment et reprenait une cuillerée de soupe.

Quelques minutes plus tard, David et Lyne faisaient irruption dans la cafétéria de l'hôpital Saint-Sacrement, scrutant les alentours comme des missiles à tête chercheuse.

— Elle est là! s'exclama enfin David en s'élançant vers la table où mangeait le trio.

Tous les convives de la cafétéria regardèrent le couple qui courait vers la jeune fille et les deux vieillards. Lyne agrippa Sarah par un bras, la fit lever et la serra de toutes ses forces, clairement en manque de câlins depuis quelques jours.

— Sarah! Ma chérie! Mon bébé! Mon enfant! dit-elle, hors de contrôle, embrassant chaque centimètre du visage de sa fille tout en lui passant ses doigts dans la chevelure lustrée.

— Maman? Tout le monde nous regarde, dit Sarah discrètement.

David, qui avait tout entendu, tira doucement Lyne vers lui et lui souffla à l'oreille:

— C'est vrai, mon amour. Tout le monde te regarde.

Il agrippa ensuite Sarah, la serra très fort en la soulevant dans les airs et s'écria:

— Sarah! Ma chérie! Mon bébé! Enfin!

Amusée, mais complètement perdue devant ces débordements d'affection qu'elle jugeait très beaux mais passablement exagérés, Louise se contenta de dire:

— Ma foi! La journée d'école a été longue, on dirait!

Lorsqu'ils réalisèrent ce qu'ils faisaient, Lyne et David se regardèrent un moment avant d'y aller d'un rire forcé.

— Excusez-nous, dit David. Nous savons combien Sarah n'aime pas attirer l'attention, alors nous avons voulu lui jouer un petit tour.

Louise et Victor Sarrazin se regardèrent et échangèrent un sourire. Sarah regarda ses parents, à la fois horrifiée et soulagée.

— Ha, ha, ha! Très drôle! dit-elle avant de se rasseoir devant son plateau.

Les autres clients de la cafétéria retournèrent à leurs assiettes pendant que mamie Loulou présentait Victor Sarrazin aux parents de Sarah. Lyne regarda l'homme avec méfiance, mais le salua néanmoins poliment. David fut un peu plus chaleureux, heureux de voir que Louise semblait avoir trouvé un complice qui la faisait sourire.

— Vous vous joignez à nous? dit galamment Sarrazin en regardant tour à tour Lyne et David.

— Ah, oui, oui, mais nous avons déjà mangé, avança David en prenant place à la table. Je prendrai peut-être un petit pouding au tapioca quand la file d'attente aura diminué un peu. Alors... vous êtes nouveau ici, monsieur Sarrazin?

Sarah fut parcourue d'un vif frisson. Elle détestait le pouding au tapioca.

Pendant que David faisait connaissance avec le nouveau prétendant de sa belle-mère, Lyne serra discrètement sa fille à nouveau dans ses bras.

— Je peux tout vous expliquer, souffla l'enfant à l'oreille de sa mère.

Lyne la serra encore plus fort.

— As-tu eu mal? Es-tu blessée? Est-ce que ça va?

— Je n'ai rien, maman. Ça va, oui. Je te l'ai dit.

Lyne étreignit sa fille encore une fois en murmurant:

— Alors c'est tout ce qui compte! Nous sommes tellement soulagés que tu sois revenue. Nos prières ont été exaucées. Tu auras bien le temps de tout nous expliquer plus tard.

Lyne refoulait ses larmes. Il ne fallait surtout pas qu'elle pleure devant Louise. Celle-ci se poserait alors trop de questions. Pour endiguer le déluge, elle inspira profondément et dit gaiement:

— Moi aussi, je prendrais bien un dessert. Je me demande s'il y a du gâteau Reine-Elizabeth aujourd'hui!

Sarah allait-elle s'en tirer si facilement, sans avoir à rendre des comptes, sans avoir à donner d'explications sur les raisons de son absence? Au milieu de cet étrange cauchemar dans la cafétéria de l'hôpital Saint-Sacrement, cette lueur d'espoir lui semblait trop belle pour être vraie…

CHAPITRE 15

Elizabeth se liquéfia dans les bras de monsieur Bradley.

— Où étiez-vous? Je vous cherchais partout. J'ai crié votre nom comme une perdue dans les rues de Killester et d'Artane. J'avais besoin de vous! Maintenant, tout est gâché. Il est trop tard!

Désemparé, Bradley tint Elizabeth contre lui. Cette dernière s'était abandonnée à ses sanglots.

— Je veux reprendre ma vie d'avant, comprenez-vous? Je veux Rick! Maintenant, à cause de toute cette folle histoire, à cause de ce maudit voyage dans les Carpates, ma vie est tout à l'envers.

Bradley écoutait attentivement, mais cette écoute active ne faisait rien pour apaiser le désarroi et la colère de l'adolescente.

— Notre père ne nous a donné que deux petites semaines pour réaliser l'impossible! Il faut que je devienne un vampire, là, maintenant. Comment? Et pourquoi, au fond? On m'a toujours dit que la vérité était la meilleure politique… J'ai tout dit à Rick. Qu'est-ce que ça donne ? Il ne me croit même pas !

Elizabeth se tut un moment, espérant que monsieur Bradley l'éclairerait, lui donnerait une lueur d'espoir, un bref aperçu de ce qui l'attendait, de ce qu'elle devait faire. Rien. La colère s'empara d'elle.

— Mais dites quelque chose ! Vous êtes aussi muet qu'un psy ! Aussi inutile aussi ! Je *veux* que vous parliez. Je vous en donne la permission !

Bradley se contenta de sourire béatement. Que pouvait-il dire ? Elizabeth se remit à pleurer, exaspérée et épuisée.

— Il faut que je devienne un vampire. C'est la seule façon que j'arriverai à convaincre Rick, non ? Il faut qu'il me croie, comprenez-vous ? Je l'aime. J'ai envie d'être avec lui. Il faut qu'il accepte ma nouvelle condition… et qu'il souhaite devenir un vampire lui aussi.

Elizabeth réfléchissait à voix haute et tous les morceaux du puzzle se mettaient mystérieusement en place.

— C'est ça, n'est-ce pas ? C'est ce qu'il faut ? Transformez-moi maintenant !

Elizabeth recula à quelques pas de monsieur Bradley et ferma les yeux, comme si elle s'attendait à recevoir sur la tête un coup de baguette magique de sa fée marraine comme dans *Cendrillon*. Pourtant, monsieur Bradley lui avait déjà dit qu'il n'était ni une fée ni un ange gardien !

— Allez! Qu'est-ce que vous attendez?

Avec sa sérénité habituelle, monsieur Bradley expliqua à Elizabeth qu'il ne pouvait rien faire pour elle.

— La responsabilité de te transformer en vampire ne me revient pas.

Exaspérée et impatiente, Elizabeth s'écria:

— Quoi? C'est le syndicat des morts-vivants qui vous en empêche? Y a quelqu'un qui va déposer un grief contre vous si vous me transformez en vampire?

Bradley sourit, patient et bienveillant.

— Il serait préférable que tu trouves quelqu'un de ta génération pour te transformer en vampire.

L'impatience d'Elizabeth monta d'un cran.

— Je n'ai pas le temps de faire le tour des écoles de la région pour punaiser une note sur les babillards annonçant: *Jeune vampire de 14 à 17 ans recherché pour compléter la transformation de la fille de Dracula*. La pendule fait tic tac, monsieur Bradley.

Ce dernier déclara calmement:

— Je comprends, miss Elizabeth, mais il serait vraiment préférable…

Elizabeth coupa son interlocuteur.

— Préférable? Vous avez dit préférable! Donc, n'importe qui peut me transformer en vampire. Non?

Bradley reprit comme si Elizabeth ne l'avait pas interrompu.

— Il serait vraiment préférable que tu trouves quelqu'un de ta génération pour te transformer en vampire… ou, au moins – et l'un n'empêche pas l'autre –, un vampire que tu aimes profondément.

Elizabeth se mit à cligner des yeux, abasourdie.

— C'est quoi, cette histoire-là? Il ne nous avait pas dit ça. Vous ne cessez de changer les règles du jeu au fur et à mesure.

— Ce n'est pas un jeu, miss Elizabeth.

— Bien sûr que non! Un jeu, ce serait pas mal plus amusant!

Elizabeth se mit à faire les cent pas en passant ses mains dans ses cheveux mouillés.

— Je n'y arriverai jamais! Comment voulez-vous que je trouve un vampire que j'aime ou qui m'aime? Je n'en connais même pas! Toute cette histoire va me rendre folle!

Elizabeth se tourna brusquement vers son interlocuteur.

— Ne me dites pas que je suis déjà folle. Je le sais!

Monsieur Bradley sourit encore.

— Je sais que tu trouveras une solution à ton dilemme. Tu es une jeune femme tenace, passionnée, intelligente…

Elizabeth s'arrêta net et regarda l'homme de main de son père. Elle le fixa dans les yeux et s'approcha, intriguée, comme un détective qui flaire une piste.

— Si je suis aussi intelligente, pourquoi me prenez-vous pour une idiote?

Interloqué, monsieur Bradley se mit à bafouiller pendant qu'Elizabeth approchait toujours, déterminée à trouver la clé de l'énigme dans les yeux de l'homme.

— Vous me cachez quelque chose. Je le sais. Je le sens.

— Je dois partir maintenant, miss Elizabeth. Tu ne trouveras pas ta réponse ici.

Elizabeth agrippa le bras gauche de l'homme pour le retenir.

— Un instant! Je pense, au contraire, que c'est exactement ici que je trouverai des réponses. Il y a quelque chose que vous ne me dites pas. Qu'est-ce que c'est?

Bradley demeura muet, car il était frappé d'une interdiction de parler. Consciemment ou inconsciemment, il voulait qu'Elizabeth arrive à voir toute la vérité dans ses yeux. L'adolescente le transperçait du regard. Malgré sa réserve et son flegme quasi surnaturel, l'homme perdit graduellement son sang-froid, bien malgré lui. Elizabeth semblait avoir sur lui un pouvoir contre lequel il ne pouvait rien.

— Me le direz-vous, souffla-t-elle sans détourner le regard, ou laisserez-vous vos yeux le faire à votre place?

Dans les yeux de Bradley, Elizabeth retrouva le vertige délicieux des premières minutes de son voyage vers les Carpates, les sensations euphorisantes de ce vol nocturne aussi stimulant qu'inattendu, l'étonnante confiance qu'elle avait ressentie dans les bras de Bradley, l'attachement qui s'était emparé d'elle. Elle lut dans le regard de l'homme une affection réelle, sincère, profonde. Elle comprit qu'il refoulait des émotions qui lui faisaient peur. Quels étaient ces sentiments qu'elle percevait ? Quel était ce trouble qu'elle provoquait chez lui ?

— Pourquoi refusez-vous de me parler, Max ?

Ce diminutif eut l'effet d'un coup de poing sur Bradley qui se sentit faiblir. Elizabeth recula de quelques pas, libérant l'homme de son étrange emprise. Puis, sans l'avertir, alors qu'il avait finalement détourné le regard, Elizabeth s'élança vers lui, l'enlaça avec force et l'embrassa fougueusement. Décontenancé, l'homme demeura immobile pendant qu'Elizabeth lui transmettait son amour. Elle ne savait pas de quelle sorte d'amour il s'agissait, mais cette question lui paraissait sans importance pour le moment.

Lorsqu'elle retira ses lèvres de celles de Bradley, Elizabeth plongea son regard dans les yeux de l'homme.

— Il faut que vous m'aimiez assez pour me donner ce cadeau, Maximilian.

Bousculé par les émotions contradictoires qui se heurtaient dans un cataclysme intérieur sans précédent, Bradley ne réagit pas.

Lentement, Elizabeth se haussa sur la pointe des pieds et posa à nouveau sa bouche sur celle de son protecteur. Elle l'enlaça tendrement et Bradley succomba enfin. Il enveloppa Elizabeth de ses bras rassurants et cette dernière s'abandonna.

Le baiser avait résolument quelque chose d'étrange, de troublant, mais Maximilian Bradley et Elizabeth Gurney sentaient tous deux qu'il était essentiel, qu'il constituait en quelque sorte un rite de passage.

Lorsque leurs lèvres se quittèrent, leurs yeux se retrouvèrent. Elizabeth avait besoin que Bradley la fasse entrer dans la cohorte. Elle avait besoin qu'il accomplisse cette tâche.

Les yeux suppliants de la jeune femme ne faisaient pas de doute. Il *fallait* que Bradley la transforme tout de suite, sur-le-champ. Elizabeth caressa le visage de Maximilian d'une main pendant qu'elle balayait ses longs cheveux derrière son épaule de l'autre. Bradley baisa la paume de la main d'Elizabeth et fit un petit chemin de baisers doux sur la manche mouillée du chandail de la jeune femme, jusqu'à son cou découvert et invitant.

L'homme de main du comte Dracula huma la nuque enivrante d'Elizabeth. Ses yeux s'allumèrent instantanément. Même si sa conscience lui criait de fuir, de laisser cette responsabilité à quelqu'un d'autre, il mordit le cou de la jeune femme qui se tint solidement aux épaules de son assaillant lorsqu'elle sentit ses genoux se dérober sous elle.

Heureuse et comblée, Elizabeth eut comme dernière pensée avant de perdre connaissance : « Que la grande aventure commence ! »

CHAPITRE 16

New York, 18 octobre

— Laisse-les frapper. Ils finiront par croire que nous ne sommes pas là et ils repartiront, dit Océane en savonnant le dos de Milos.

Les coups sur la porte de l'appartement se firent de plus en plus insistants.

— Et si c'est Matthew qui a oublié sa clé?

Océane eut un moment d'hésitation. Elle ne voulait pas laisser le colocataire de Milos poireauter dans le couloir, mais cette douche avec son amoureux était si agréable, si relaxante… Elle aurait tant voulu pouvoir faire abstraction du monde extérieur.

— Tu as raison, c'est sûrement Matthew, avoua-t-elle enfin, prête à fermer l'eau.

— Non, non, reste là, dit Milos. Je vais aller lui ouvrir la porte et je reviens…

Milos sortit de la baignoire et enfila rapidement sa robe de chambre. Encore une fois, Matthew l'interrompait pendant qu'il vivait un moment intime avec une fille. Rien de nouveau là-dedans !

Il sautilla jusqu'à l'entrée de l'appartement comme s'il voulait éviter de trop mouiller le plancher pendant que les coups de poing sur la porte prenaient de l'ampleur. Milos ne put s'empêcher de trouver que Matthew était de plus en plus viril dans son insistance.

— Milos, c'est moi ! OUVRE ! fit la voix, de l'autre côté de la porte.

Milos cria :

— Oui, oui, j'arrive !

— Qu'est-ce que tu fais ?

— La patience n'a jamais été ta plus belle qualité, hein, Matthew ?

Puis il ouvrit la porte.

— Tu trouves que j'ai la même voix que Matthew ? C'est vrai que je ne devrais pas m'en offusquer. Il n'est pas très masculin, ton coloc.

Les yeux de Milos mirent quelques secondes à envoyer un message clair à son cerveau. Il ne s'agissait pas du tout de Matthew. Devant lui, une jeune femme ravissante tenait un grand contenant de plastique avec ses deux mains.

— Je t'ai apporté de la soupe au poulet, dit Cassandra avec un sourire amusé en apercevant Milos en robe de chambre. Je ne sais pas pourquoi, mais il paraît que c'est excellent contre la grippe.

Le cœur de Milos fit deux tours. Son mensonge allait le rattraper plus vite qu'il ne le pensait.

Le jeune homme sourit et resta muet un moment avant que son cerveau ne lui dicte de tendre les mains pour accepter le contenant de soupe.

— Merci. C'est gentil.

Cassandra attendait que Milos l'invite à entrer. Un silence inconfortable suivit.

— Quoi? Ce n'est pas vrai que tu as la grippe? lança finalement Cassandra, intriguée.

Mal à l'aise, Milos décida d'avouer une partie de son mensonge.

— Non, je n'ai pas la grippe. J'ai inventé cette excuse pour justifier mon absence à l'Academy et… je t'ai servi la même histoire parce que je ne voulais pas te dire la vérité au téléphone.

Cassandra fronça les sourcils pendant que Milos déposait la soupe sur la table d'appoint, près de la porte.

— Alors c'est vrai que tu n'étais pas là… que tu as été absent pendant quelques jours? demanda-t-elle en tentant de mettre ensemble les morceaux du puzzle.

— Oui, c'est vrai, confia Milos.

Un autre silence embarrassant s'installa.

— Tu es avec une autre fille, c'est ça? tenta Cassandra.

— Euh… oui… c'est ça… convint Milos.

177

Cassandra sourit, mal à l'aise, regrettant d'être venue chez Milos sans y avoir été invitée.

— Écoute, Milos… nous ne nous sommes jamais rien promis. Tu n'es pas obligé de me mentir, ni pour me ménager, ni pour te donner bonne conscience. Enfin… je ne sais pas trop…

Étonné de la réaction calme et équilibrée de Cassandra, Milos répondit franchement :

— Je n'ai pas voulu te mentir. Je savais que j'allais te croiser à l'Academy et je voulais que nous prenions un café ensemble pour en parler…

Cassandra sourit encore.

— J'ai toujours su que je n'étais pas la seule, tu sais. Ça ne me dérange pas. Je sais que tu es responsable et mature pour ton âge…

Cette phrase agaça Milos, lui qui souhaitait tant oublier et faire oublier ses dix-sept ans quand il se retrouvait avec des femmes dans la jeune vingtaine comme Cassandra, Océane, Zoya… Il savait cependant que le moment était mal choisi pour rappeler à son interlocutrice qu'il ne voulait pas qu'on le traite comme un jeunot.

— Nous ne nous sommes jamais juré fidélité, poursuivit Cassandra. Tu es libre. Je suis libre aussi et très ouverte. Est-ce qu'elle est mignonne, l'autre fille ?

Milos se préparait à répondre, mais Cassandra ne lui en donna pas la chance.

— J'aimerais bien la rencontrer. Peut-être pourrions-nous…

À sa grande surprise, Milos fut horrifié par cette proposition. Quelques semaines plus tôt, il aurait sauté sur une telle occasion, mais… les temps avaient changé! Il entraîna discrètement Cassandra dans le couloir et referma la porte.

— Euh… Écoute, Cassandra, je…

Quand Milos réalisa ce qu'il se préparait à dire, il eut un petit fou rire. Il dût s'avouer qu'il ne se reconnaissait pas lui-même! Une fille absolument ravissante qui lui proposait une petite séance d'exploration charnelle coquine avec une autre fille – Océane de surcroît! – et il s'apprêtait à dire non? «Qui êtes-vous et qu'avez-vous fait du VRAI Milos Menzel?» se demanda-t-il, amusé.

— Oui, j'ai quelqu'un d'autre dans ma vie, enchaîna-t-il enfin. Et je… je ne veux surtout pas te blesser parce que ce que toi et moi avons vécu ensemble, c'était super, et même génial. Mais… mes sentiments pour cette fille m'ont pris par surprise. Je l'aime vraiment. C'est la première fois que ça m'arrive, tu comprends? Avec toi, c'était vraiment… wow! J'ai vraiment eu beaucoup de plaisir avec toi, mais avec elle, c'est… autre chose.

Milos se sentait de plus en plus faible, un peu étourdi. Cassandra le regardait avec un regard attendrissant qui le surprit et l'inquiéta à la fois puisqu'il n'était pas certain de sa sincérité.

— C'est de l'amour…

Milos réalisa qu'il avait dit «autre chose» par peur de dire le mot «amour» devant une autre fille. Comme s'il lui fallait maintenir une certaine pudeur. Décidément, ses sentiments pour Océane le menaient dans des sentiers qu'il n'avait jamais explorés.

— Oui. Je pense que c'est de l'amour, avoua-t-il.

Pendant le court silence qui suivit, la relation de Cassandra et de Milos se transforma. Ils n'étaient plus des amants sans attaches qui se donnaient du plaisir mutuel. Qu'étaient-ils alors? Des amis? Des complices? Des confidents? Milos n'avait jamais connu ça avec une fille…

— Comment s'appelle-t-elle? demanda Cassandra, tout doucement.

— Océane, confia Milos.

— Océane, répéta Cassandra, complice.

Elle s'approcha de lui et déposa un tendre baiser sur sa joue.

— Tu pourras partager la soupe avec ton amoureuse.

Tout remué, Milos répéta:

— Océane.

Cassandra opina de la tête.

— Océane, dit-elle encore.

Gentiment, elle passa ses doigts dans les cheveux de Milos.

— Tu n'as peut-être pas la grippe, mais on dirait que tu couves quelque chose. Tu es plus pâle que d'habitude.

En effet, Milos se sentait faiblir, devenir de plus en plus étourdi, vulnérable.

— C'est… parce que je suis un vampire maintenant.

Cassandra gloussa, amusée.

— Tu prends un peu trop à cœur ton travail dans le *Rocky Horror Picture Show*, on dirait!

Cassandra tourna les talons et se dirigea vers la porte d'entrée de l'immeuble. Milos avait de plus en plus l'impression qu'il allait perdre connaissance. Il regardait Cassandra s'éloigner. Elle se retourna une dernière fois vers lui.

— Tu n'as pas besoin de me remettre le contenant. J'en ai plusieurs.

Elle fit un dernier sourire à Milos, sentant bien que tout était terminé maintenant. Malgré le fait qu'ils ne s'étaient jamais rien promis, Cassandra sentit un petit pincement au cœur en pensant qu'elle ne reverrait plus jamais Milos… du moins, comme amant. Néanmoins, elle était contente pour lui…

Les instincts vampiriques de Milos se mirent à le tenailler. Il réalisait qu'il avait besoin de… s'alimenter? De s'abreuver de sang? De «procréer», dans le sens vampirique du terme, c'est-à-dire de faire proliférer la race? Il se mit à marcher vers Cassandra en prenant de grandes inspirations pour éviter de s'évanouir. Il fixait l'arrière de la tête de la jolie rousse pour s'aider à garder son équilibre, à maintenir son centre de gravité. Le corridor lui parut interminable. En arrivant derrière Cassandra, Milos eut un moment d'hésitation. La jeune femme sentit sa présence et se retourna. Il était pâle et semblait fatigué. Elle le dévisagea, intriguée.

— Qu'est-ce qu'il y a ? Tu as changé d'idée ? dit-elle, ne comprenant vraiment pas le comportement de Milos.

Ce dernier caressa doucement les épaules, les bras, les cheveux, le cou de Cassandra…

— Tu veux me présenter Océane ?

Milos était incapable de répondre, se sentant faiblir de plus en plus. Il tentait de communiquer avec Cassandra par le regard. Après quelques secondes, cette dernière comprit que quelque chose avait changé.

— Qu'est-ce qui t'arrive, Milos ?

En cherchant désespérément des réponses dans les yeux de Milos, Cassandra comprit enfin que son ami n'avait pas blagué lorsqu'il disait qu'il était devenu un vampire.

Troublée, la jeune femme réalisa qu'elle se retrouvait devant un grave dilemme. Que faire ? Quitter rapidement en demandant pardon à Milos de l'abandonner ? S'abandonner à lui et devenir… Dieu sait quoi! Un vampire ? Un mort-vivant ? Milos regardait Cassandra comme un enfant qui se noie et qui supplie un sauveteur de le secourir. La jeune femme fut envahie par un sentiment de… compassion ? d'amour ? Elle n'en savait rien. Elle savait seulement qu'elle n'était pas indifférente au cri du cœur de Milos et qu'elle avait envie de s'abandonner à lui, au risque d'en regretter les conséquences plus tard.

Elle jeta un regard des deux côtés du couloir. Ils étaient seuls, mais… Océane n'était-elle pas toujours dans l'appartement ?

— Viens, souffla Cassandra en soutenant Milos.

Elle ouvrit la porte de l'immeuble et la franchit avec Milos. Près de l'escalier qui menait au trottoir se trouvaient trois marches qui conduisaient à l'appartement du demi-sous-sol. Cassandra emprunta ces marches pour emmener Milos sous l'escalier de l'immeuble. La jeune femme fut envahie par un souvenir qui la fit sourire. C'est sous un escalier semblable à celui-ci, près de la maison de son enfance à Boston, qu'elle avait installé une immense boîte en carton dans laquelle elle avait emménagé une clinique de fortune pour jouer au docteur avec Jacob Rabinovitch lorsqu'elle avait huit ans.

Milos haletait, sa respiration était courte et pénible. Il regardait Cassandra avec reconnaissance, ses yeux s'emplissant de larmes.

— Vas-y, Milos. Prends-moi.

CHAPITRE 17

Québec, 18 octobre

Le repas se termina sans anicroche, même si le malaise que ressentait Sarah n'avait pas diminué. Durant tout le souper, elle s'en était tenue à répondre aux questions qu'on lui avait posées, inquiète à l'idée de faire une bévue ou de dire quelque chose qui pourrait la compromettre.

— Tu n'as pas beaucoup mangé, ma chouette… constata Loulou en regardant le contenu du plateau de sa petite-fille lorsque vint le temps de se lever à la fin du repas.

Sarah jeta un œil à monsieur Sarrazin avant de répliquer :

— Ah, je… n'avais pas tellement faim ce soir, comme je te disais.

— J'espère que tu n'es pas malade, au moins ?

Sarah ne put s'empêcher de se dire : « À part le fait que j'ai l'impression de devenir folle, ça va ! »

Elle se contenta de sourire béatement.

Lyne, David, Loulou, Victor et Sarah quittèrent la cafétéria ensemble et cheminèrent vers les ascenseurs. David et Lyne n'en revenaient pas de voir les progrès qu'avait faits Louise depuis leur dernière visite.

— C'est un miracle! dit Loulou en levant les bras au ciel, heureuse.

— En tout cas, on dirait bien que toutes nos prières ont été exaucées, confirma Lyne en prenant le bras de sa mère.

Loulou la regarda avant de dire poliment:

— Oh, mais je n'ai plus besoin que tu me tiennes, ma chérie.

Amusée, Lyne rétorqua:

— Je le vois bien. Mais si j'ai envie de te tenir par le bras parce que je t'aime, est-ce que j'ai le droit?

Quand Loulou et David se mirent à rire, monsieur Sarrazin les regarda avec une compassion à laquelle Sarah ne crut pas. Lyne sourit fièrement, heureuse et comblée.

— Et tout ça, c'est grâce à l'arrivée de Victor dans ma vie, affirma Louise en passant son bras libre sous celui du vieillard.

Modestement, monsieur Sarrazin baissa la tête en souriant timidement.

— Je ne peux pas avoir fait autant en si peu de temps, Louise. Je crois plutôt que c'est votre ténacité, votre courage et votre enthousiasme qui vous ont aidée à guérir.

Exaspérée, Sarah contint difficilement sa colère. Intérieurement, elle serrait les dents et grommelait : «Maudit menteur!»

— On peut dire que vous faites un beau couple, commenta David.

Discrètement, Lyne lui donna un coup de coude dans les côtes pour lui manifester sa désapprobation. Surpris, David ne comprit pas ce que Lyne voulait signifier par ce geste. Elle n'approuvait pas son commentaire? Elle le trouvait prématuré? Elle n'approuvait pas cette nouvelle relation de sa mère ou trouvait que Loulou allait trop vite?

Ils montèrent tous les cinq dans l'ascenseur. Quand David s'aperçut que le prétendant de Louise descendait deux étages avant eux, il reprit la parole :

— Ce fut un plaisir de vous rencontrer, monsieur Sarrazin. J'espère que nous nous reverrons bientôt.

David sentit le corps de Lyne se crisper à ses côtés. Décidément, il se demandait bien ce qu'elle avait contre cet homme! Pour sa part, Sarah cacha mieux son désaccord.

— Pareillement, monsieur Duvall, répondit l'ami de Loulou. Merci à vous tous d'être venus manger avec nous.

Victor Sarrazin prit doucement la main de Louise et y déposa un baiser.

— À demain, belle Louise.

Cette dernière rougit.

— À demain, beau Victor.

Quelques secondes plus tard, les portes s'ouvrirent et monsieur Sarrazin quitta l'ascenseur. Avant que les portes ne se referment, le vieillard alias Dracula se tourna, fixa Sarah dans les yeux et susurra:

— À très bientôt, belle enfant.

Sarah frissonna. Aucun mot ne sortit de sa bouche, ce dont personne ne se formalisa.

— Il est formidable, non? demanda fièrement Louise lorsqu'elle et les siens se retrouvèrent en famille.

Lyne se retint pour ne pas s'écrier «Non!», le premier mot qui lui était venu à l'esprit.

— Vraiment bien, mentit-elle plutôt, décidée à ne pas gâcher la soirée de sa mère.

Sarah, qui avait remarqué la méfiance de sa mère à l'égard de monsieur Sarrazin, ne savait pas si elle devait s'en réjouir ou s'en inquiéter. Lyne avait-elle senti qu'un être despotique et dangereux vivait à l'intérieur de ce corps qui paraissait inoffensif? Pourquoi monsieur Sarrazin n'avait-il pas fait bonne impression sur elle? Il semblait pourtant avoir embobiné David…

— Je sais que c'est complètement insensé, mais je me sens revivre depuis qu'il est entré dans ma vie, avança Louise.

Encore une fois, Lyne se retint, sinon elle aurait lancé: «Complètement insensé en effet!» Elle se contenta plutôt de répondre:

— S'il te fait du bien, maman…

Ils descendirent tous les quatre de l'ascenseur et se dirigèrent vers la chambre de Louise.

Dans sa tête, Lyne songeait à sa sœur aînée Christiane, la sous-ministre, qui habitait Ottawa avec son mari et leurs trois enfants, et à son frère Claude, le scénariste, qui partageait sa vie entre Montréal et San Francisco avec son conjoint de longue date, Mark. Ils penseraient sûrement, comme elle, que cet étrange monsieur Sarrazin en voulait à la fortune de leur mère qui, pourtant, n'était vraiment pas considérable ! La différence, c'est qu'eux, ils étaient loin. Ils se contenteraient donc de se plaindre à distance et laisseraient à Lyne l'odieuse tâche de convaincre Louise que Victor Sarrazin ne lui convenait pas. Pas toujours facile d'être la plus jeune de la famille… et encore moins d'être la seule qui soit géographiquement proche de leur mère !

— Il est vraiment beau ce foulard, reprit Lyne dans le but de changer de sujet. C'est nouveau ?

Louise rougit de plaisir.

— Merci. C'est un cadeau de Victor.

« Décidément, tout tourne autour de ce damné Victor, pensa Lyne. On n'y échappe pas ! » Sarah, pour sa part, écarquilla les yeux. « Quoi ? Ce foulard vient du comte Dracula ? Mais après tout, c'est logique ! Il l'a sûrement offert à mamie pour camoufler ses traces. Incroyable ! »

— Vraiment très joli, dit Lyne du bout des lèvres.

En arrivant à la chambre, ce fut à David de prendre la parole.

— Nous ne resterons pas longtemps, Louise, parce que c'est un jour d'école demain… Et mademoiselle, ici présente, s'est couchée très tard ces derniers temps.

Cette phrase était lourde de sous-entendus pour Sarah. Ce n'était pas parce que la jeune fille s'était réfugiée dans les bras de sa mamie adorée en refaisant surface après sa disparition qu'elle échapperait aux remontrances et à l'interrogatoire de ses parents. Ils avaient clairement besoin de se retrouver en famille pour aborder les événements des derniers jours. Il fallait discuter des conséquences des actes de Sarah, qu'elle leur dise où elle était passée et pourquoi. Trois jours d'école manqués? Il fallait reprendre le temps perdu. Ouf! Sarah n'était pas sortie du bois!

— Vous êtes tellement gentils d'être venus me rendre visite, toute la famille, en pleine semaine. Merci! dit Louise en s'approchant de David pour l'embrasser sur les deux joues. Je ne vous retiens pas plus longtemps.

Louise entra dans sa chambre, suivie du reste de la famille, et sursauta en apercevant une silhouette en sarrau qui lui tournait le dos.

— Oh, bonsoir, docteur. Vous m'attendiez?

Le grand médecin au corps filiforme se tourna en refermant le dossier de Louise. Il lui sourit gentiment et l'octogénaire remarqua que, décidément, les beaux hommes mûrs pullulaient à Saint-Sacrement depuis quelques jours!

— Je regardais votre dossier, madame Lachance, dit le gérontologue avec un lourd accent d'Europe de l'Est, en ouvrant à nouveau le cahier métallique. Votre convalescence a été remarquable.

— Ma convalescence ? répondit Louise, avec un brin de moquerie dans la voix.

Dans sa tête, elle se disait qu'une convalescence se vivait dans un centre de convalescence, justement, ou à la maison. Pas à l'hôpital même.

Lyne intervint avant que Louise n'use de son franc-parler.

— Je pense que ce que le médecin veut dire, maman, c'est que… tu te remets miraculeusement bien de ton accident cérébro-vasculaire.

— Depuis deux jours, oui, enchaîna Louise, mais… ça faisait combien de temps que je poireautais ici comme un vieux pruneau ?

Lyne força un sourire et poussa un petit rire jaune en fixant le médecin, les yeux remplis de pardon.

— L'important, c'est que tu ailles mieux maintenant, non ? dit-elle en serrant délicatement le bras de sa mère pour lui indiquer de se taire.

Elle reprenait la méthode que cette dernière employait lorsque Lyne était petite.

— Ayoye ! Tu me fais mal ! dit Louise en regardant la main de Lyne.

Cette dernière sourit et feignit l'innocence en s'excusant.

— Comme je le disais, vous vous êtes remise très rapidement, reprit le médecin en roulant ses «r». Nous nous inquiétions pour rien, semble-t-il, puisque vous êtes maintenant au sommet de votre forme physique. Rien ne vous empêche de rentrer chez vous, de reprendre le contrôle de votre vie, de votre autonomie.

Spontanément, Louise poussa un grand «Alléluia!» pendant que Lyne et David se regardaient, agréablement surpris. Sarah, qui était restée coincée derrière les adultes, dans le cadre de porte, tenta finalement de s'avancer un peu.

— Est-ce que j'ai bien compris, mamie? Tu vas pouvoir rentrer chez toi?

— Je pense bien, répondit Louise. Est-ce que c'est ça, docteur?

— Tout à fait. Vous pourrez même quitter ce soir, si vous voulez.

Pendant que Lyne, David et Sarah réagissaient en riant, comblés de bonheur, Louise rétorquait:

— Si je veux? Et comment! Où est-ce que je signe?

Sarah réussit finalement à se faufiler entre les adultes et à se trouver une place dans la chambre exiguë. Heureuse d'apprendre que sa grand-mère venait d'obtenir son congé, elle enlaça cette dernière.

— Merci, docteur, merci, enchaîna Louise. C'est la première fois que je vous vois, mais vous êtes un vrai rayon de soleil. Annoncez-vous toujours de bonnes nouvelles à vos patients?

Tous se mirent à rire.

— Si tous les médecins étaient aussi positifs que vous, j'aurais peut-être été tentée de rester plus longtemps, mais…

Encore une fois, tous rigolèrent.

— Vous êtes nouveau ici? lança Louise, intriguée.

Le médecin gloussa en refermant le dossier et en le prenant de la main gauche. Il s'approcha de Louise après avoir essuyé sa main droite sur son sarrau et la tendit à la patiente, penaud:

— Ma foi, comme je suis maladroit! Excusez-moi, j'ai oublié de me présenter. Je suis le docteur Dumitru.

Les yeux de Sarah s'écarquillèrent. Elle regarda le visage du professionnel de la santé pour la première fois depuis son entrée dans la chambre. Elle demeura sans voix.

CHAPITRE 18

Killester, 18 octobre

Lorsque Elizabeth se réveilla en sursaut sur un banc du parc situé non loin de la résidence familiale, elle avait l'impression d'avoir perdu la boussole. Où était-elle ? Quelle était cette douleur musculaire qu'elle ressentait dans son cou ? Quand la pluie avait-elle cessé ? Où était passé monsieur…

Monsieur Bradley était là. Une présence rassurante et paisible en cette période de grands bouleversements. Tout comme l'énorme sycomore auquel il était adossé et dont les branches avaient bercé l'enfance d'Elizabeth. Comme elle s'était amusée dans cet arbre avec Michael, son grand frère, et les autres enfants du quartier !

— Monsieur Bradley ?

— Tu es réveillée ? dit l'homme, subitement tiré de ses pensées.

Elizabeth se rappela les événements ayant précédé sa perte de conscience. Était-elle maintenant un vampire ?

— C'est vous qui m'avez emmenée ici ?

Toujours tiraillé entre sa morale et ses sentiments discordants, l'homme de main de Dracula répondit succinctement :

— Oui. Après.

Elle n'avait donc pas rêvé. Elle faisait maintenant partie de la cohorte. Elle pourrait enfin convaincre Rick que tout cela était vrai.

— Je ne pouvais pas te laisser… et nous ne pouvions pas rester dans la cour, chez tes parents.

Elizabeth se leva, pas du tout certaine que ses jambes réussiraient à la porter. Elle risqua quelques pas pour se dégourdir. Combien de temps avait-elle été inconsciente ? Ses parents étaient-ils rentrés du travail ? Monsieur Bradley les avait-il vus ? Même si Elizabeth se posait toutes ces questions, elle ne tenait pas vraiment à obtenir les réponses. Il y avait trop de choses à faire, à penser. Elle s'approcha lentement de son interlocuteur.

— Merci, monsieur Bradley, dit Elizabeth en touchant l'épaule de l'homme.

Celui-ci eut un mouvement de recul, comme si la main d'Elizabeth l'avait brûlé.

— Ne me remercie pas trop. Je n'aurais pas dû. Tu es très persuasive.

Elizabeth sourit. Elle espérait secrètement qu'elle serait aussi convaincante avec Rick.

Bradley se sentit coupable de sembler vouloir mettre la responsabilité de ses actions sur le dos d'Elizabeth.

— Mais ce n'est pas une excuse. Il aurait fallu que je te guide, que je te conseille… Je… je t'ai manqué de respect.

Elizabeth fit pivoter Bradley sur lui-même.

— C'est faux! Vous avez été très respectueux. Vous vous êtes comporté en véritable gentleman.

Bradley frissonna d'horreur.

— Ne dis pas cela. C'est comme si nous avions…

Il s'interrompit, incapable de dire les mots. Elizabeth comprit son malaise, mais tenta de compenser, elle qui était parfaitement à l'aise avec ce qui venait de se passer entre eux.

— Vous n'avez pas abusé de moi. J'étais parfaitement consentante.

Bradley eut envie de rentrer sous terre.

— Excusez-moi, enchaîna Elizabeth. Ce n'est pas ce que je voulais dire. Je… je veux simplement que vous sachiez que vous n'avez rien à vous reprocher.

L'homme se dégagea et se dirigea vers le banc où il avait déposé Elizabeth plus tôt.

— Ce n'est pas à toi de le déterminer, dit-il, la voix tremblotante. Ton père s'en chargera.

Elizabeth sentit la colère monter en elle.

— Mon père est un être immonde, monsieur Bradley. Que je le vois commencer à développer des scrupules à votre égard! De quel droit pourrait-il vous juger?

— Il a tous les droits. Il est le roi des vampires.

Elizabeth se passa alors la réflexion qu'elle était donc une princesse. Pour elle, Elizabeth et princesse étaient deux mots qui n'allaient pas ensemble… sauf en Grande-Bretagne, et encore ! Elizabeth II était la reine depuis une éternité. Elle n'avait pas été princesse longtemps. Elizabeth, princesse… des vampires ? C'était déjà moins fleur bleue que les princesses des contes de son enfance.

— La princesse des vampires vous absout de vos péchés, monsieur Bradley.

Ce dernier étouffa un petit rire.

— Elle n'a pas ce pouvoir. C'est l'Église qui pardonne les péchés. Les péchés me préoccupent peu. Ce sont les représailles qui m'inquiètent.

Elizabeth trouvait que cette conversation tournait en rond. Il fallait y mettre fin.

— Ne vous inquiétez pas ! Je remettrai mon père à sa place.

Encore une fois, Bradley s'esclaffa et fixa Elizabeth qui était venue le rejoindre sur le banc.

— Je suis presque convaincu que tu pourrais y arriver. Tu as une détermination contagieuse, une énergie incroyable. Je t'admire.

Elizabeth rougit, fière et convaincue à la fois qu'elle n'obtiendrait jamais d'aussi beaux compliments de son père biologique. Elle caressa doucement les cheveux de monsieur Bradley et remarqua qu'ils étaient plus foncés que la dernière fois qu'elle les avait regardés.

L'homme était gorgé du sang d'Elizabeth. Il lui avait donné la vie éternelle. Elle lui avait donné une nouvelle vitalité qu'il n'était pas certain d'avoir méritée.

— Vous êtes beau, dit-elle doucement. Vous êtes un être généreux. Vous m'avez donné ce que je vous demandais.

Elizabeth étreignit Bradley, reconnaissante. Plus que jamais, elle éprouvait pour lui une affection platonique comme celle que l'on ressentait pour son père ou son grand-père. Un amour inconditionnel, filial, qui unit pour la vie. La vie éternelle. Pour elle, Bradley était un protecteur, un mentor, un guide, un sherpa.

Les sentiments de Bradley étaient beaucoup moins clairs, beaucoup moins limpides. Il nageait en eaux troubles.

— Je ne crois pas que c'était ma responsabilité. J'ai pris une décision impulsive et, maintenant, je ne suis pas certain d'avoir bien fait… d'avoir agi convenablement.

Elizabeth sourit, touchée par les remords de monsieur Bradley.

— Mais puisque je vous dis que c'est ce que je voulais! Je suis enfin ce que j'aurais toujours dû être… grâce à vous. Merci. Je vous aimerai toujours…

Elle étreignit encore une fois Bradley qui, n'en pouvant plus de la culpabilité et de l'incertitude qui l'envahissaient, souffla à son tour:

— Je vous aimerai toujours aussi, miss Elizabeth…

Puis il se transforma en chauve-souris pour pouvoir se libérer de l'étreinte douce-amère d'Elizabeth.

La jeune fille vampire regarda Bradley s'envoler, les yeux pleins de lumière et d'espoir.

— Je suis enfin ce que j'aurais toujours dû être, répéta-t-elle. Maintenant, il ne me reste qu'à exploiter le meilleur de moi-même, à garder les plus beaux côtés de mon être. Il me faut unir les plus belles forces de mon côté humain aux plus belles forces de mon côté vampire.

Les yeux toujours tournés vers la minuscule chauve-souris virevoltant sur le fond de nuages gris de cette sombre fin d'après-midi d'automne, Elizabeth inspira profondément et fut bouleversée par la variété d'odeurs, de parfums et d'arômes qui envahirent son nez et parvinrent à son cerveau.

— Wow! dit-elle. C'est donc ça, la force olfactive décuplée des vampires? Incroyable! J'ai toujours eu l'odorat fin, mais là… ouf!

Pendant plusieurs minutes, Elizabeth s'habitua à ce nouveau pouvoir, s'amusant non seulement à reconnaître chacune des odeurs que captait son nez, mais aussi à les distinguer et à les isoler pour mieux les apprécier.

En se promenant dans le parc, elle détectait non seulement les parfums des fleurs, fanées et mourantes à cette période de l'année, mais elle découvrait aussi les arômes que dégageaient les plumes mouillées des différentes espèces d'oiseaux et les pelages humides des petits animaux qui trottinaient et gambadaient çà et là.

— C'est formidable! s'exclama-t-elle en tournoyant sur elle-même.

Regardant de tous les côtés pour s'assurer qu'elle était seule, Elizabeth s'élança ensuite en courant vers son école qui se trouvait à un peu plus d'un kilomètre du parc. À cette heure-là, en ce mercredi, la majorité des étudiantes aurait quitté, mais elle voulait néanmoins éviter d'être vue par qui que ce soit. Surtout par les enseignants et la direction!

Allongeant le plus possible ses pas, elle découvrit rapidement qu'elle courait comme une athlète du triple saut… en apesanteur! Même si elle touchait à peine le sol, elle était néanmoins complètement en contrôle de chacun de ses mouvements, contrairement aux astronautes qui devaient s'agripper à des barres de soutien ou à d'autres objets stables et boulonnés pour éviter de partir à la dérive.

En arrivant à St. Mary's Secondary School, Elizabeth se cacha derrière un gros arbre. Elle venait de courir plus d'un kilomètre sans effort, et elle n'était absolument pas essoufflée! Elle avait l'impression que sa capacité pulmonaire et cardiaque avait doublé, triplé, peut-être même quadruplé?…

Étant donné la météo douteuse, le terrain de l'école paraissait quasi abandonné. Elizabeth pensa à toutes ces filles qui accordaient tant d'importance à leur coiffure et pour qui même l'humidité représentait un cauchemar récurrent!

— Ce n'est pas aujourd'hui qu'elles traîneraient à l'extérieur! rigola-t-elle.

Elle fit quelques pas pour se cacher derrière un autre arbre. Elle avait encore réussi à passer inaperçue.

— Bonjour, madame la directrice, dit-elle en s'approchant encore de l'école et en jetant un œil dans le bureau de l'employée cadre. Je ne sais pas si je pourrai revenir à St. Mary's, finalement. Je sais que ça vous brisera le cœur, mais dites-vous qu'il y aura sûrement d'autres étudiantes aussi gentilles que moi qui vous aideront à m'oublier.

Elizabeth inspira profondément, humant l'air humide et les multiples odeurs qui le parfumaient.

L'adolescente se précipita une fois de plus au pas de course, cette fois en direction de son école primaire qui se trouvait à quelques coins de rues de St. Mary's. En arrivant à St. Vincent Elementary School, Elizabeth reprit son activité d'espionne. Elle se glissa derrière un arbre et observa les lieux. L'établissement semblait tranquille, pour ne pas dire désert. La jeune fille vampire s'amusa à se promener d'une cachette à une autre, franchissant même sans difficulté un module de jeux au milieu de la cour de récréation. Emportée par ses nouveaux pouvoirs enivrants, elle sauta sans effort sur le toit de l'école où elle découvrit des balles de tennis, de squash, de baseball ainsi que des ballons de soccer, de ballon chasseur, de basket-ball…

— Plus ça change, plus c'est pareil, se dit-elle en hochant la tête.

Elizabeth se mit à bondir partout sur le toit de l'établissement, prenant parfois dans ses mains et bottant parfois avec ses pieds les différents objets sphériques qui avaient fait le bonheur des enfants et qui gisaient maintenant sans vie sur la surface plane de l'école. Lorsqu'elle eut terminé, plus de cent ballons et balles jonchaient le terrain. Le lendemain matin, les petits de son ancienne école découvriraient avec bonheur tous ces jouets récupérés, «tombés du ciel pendant la nuit».

Euphorique, Elizabeth leva les bras et les yeux vers le ciel et s'écria :

— Vous voyez ? Je me sers déjà de mes nouveaux pouvoirs pour le bien de l'humanité !

Elle éclata ensuite d'un grand rire qui l'impressionna elle-même et qu'elle attribua à sa capacité pulmonaire accrue.

D'un seul bond, Elizabeth atterrit au milieu des balles et des ballons multicolores qu'elle avait semés aux quatre vents. Fière d'elle, elle se mit à gambader comme une gamine du primaire dans la cour d'école. Lorsqu'elle la quitta enfin, ses sautillements avaient pris de l'ampleur et elle se laissa emporter par ses nouvelles capacités physiques.

Extasiée, Elizabeth flottait maintenant au-dessus des trottoirs mouillés et évitaient les flaques d'eau laissées par la pluie. Elle ne portait pas attention à la réaction des quelques automobilistes qui remarquaient son agilité surhumaine et qui se frottaient les yeux, incrédules.

Elle traversa d'un seul bond le grand boulevard qui séparait Killester et Artane, et s'arrêta de l'autre côté pour reprendre ses esprits. Certaines personnes s'étaient encore arrêtées pour la regarder. Mais lorsque Elizabeth croisa leur regard, elles reprirent rapidement leur chemin, comme si elles ne voulaient pas croire ce qu'elles venaient de voir et encore moins être éventuellement interrogées à ce sujet.

Elizabeth haussa les épaules. Elle savait qu'elle aurait sans doute dû être plus prudente, plus discrète, mais elle ne regrettait rien. Tout cela était trop amusant pour ne pas se permettre d'en jouir pleinement. Elle ferma les yeux et inspira encore profondément. «Wow! On dirait Rick... se dit-elle à cause de l'arôme qu'elle avait détecté. C'est son parfum, mais... pas seulement son parfum. C'est son odeur. C'est...»

Elizabeth ouvrit les yeux et regarda autour d'elle. Très loin, à plus d'un coin de rue, elle aperçut Rick en scooter. Le jeune homme s'était arrêté, bouche bée, lorsqu'il avait vu la fille qu'il aimait franchir un grand boulevard d'un seul bond. Les yeux écarquillés, Rick ravala sa salive lorsqu'il se rendit compte qu'Elizabeth l'avait repéré.

— RICK! s'écria-t-elle en agitant les bras vers lui, surprise mais remplie de bonheur, avant de s'élancer pour le rejoindre.

Troublé par ce qu'il venait de voir, Rick eut la frousse et décida de fuir au volant de son véhicule.

Ne comprenant pas pourquoi son amoureux faisait demi-tour, Elizabeth accéléra en criant toujours:

— Rick, attends-moi! Je t'aime! Je peux tout t'expliquer maintenant.

La jeune fille vampire courait de toutes ses forces. L'adolescent, qui la voyait s'approcher dans le rétroviseur de son véhicule motorisé, se pencha sur l'engin pour se donner plus d'aérodynamisme. D'un petit coup de volant, il tourna à droite sur une rue secondaire qu'il connaissait bien. Avait-il réussi à semer Elizabeth ? Il l'espérait bien. Comment l'histoire abracadabrante qu'elle lui avait racontée pour justifier son absence pouvait-elle être vraie ? Les vampires étaient des personnages fictifs, inventés par des auteurs à l'imagination débordante et par des conteurs anciens qui s'étaient inspirés d'excentriques monstres réels pour créer des légendes fantastiques, non ?

— Les vampires n'existent pas, se dit Rick à voix haute en jetant un autre regard dans son rétroviseur.

Elizabeth était là. Elle le poursuivait toujours. Comment réussirait-il à la semer ? Que lui voulait-elle ? Était-elle en colère contre lui parce qu'il ne l'avait pas crue au restaurant ? Était-elle dangereuse ? Était-elle folle ? Voulait-elle le tuer ?

— Rick, je t'aime ! hurla-t-elle encore.

Assourdi par le bruit du moteur et le frottement des pneus sur la chaussée mouillée, Rick n'entendait pas ce que lui disait Elizabeth. Elle gagnait du terrain. Elle s'approchait. Comment était-ce possible ? Rick savait bien qu'il n'avait pas le scooter le plus puissant, mais de là à ne pas être capable de semer une personne à pied…

Il emprunta à gauche une toute petite rue très courte avec l'idée de tourner à droite à la prochaine intersection pour échapper au regard d'Elizabeth.

Cette dernière, menée par l'odeur d'essence du scooter et par le parfum de son amoureux, parvenait à déjouer les subterfuges de Rick. Pourquoi la fuyait-il? Avait-il peur d'elle? Comment cela était-il possible? Elle l'aimait tellement! Elle ne lui ferait jamais de mal…

Soudain, Rick bifurqua et brûla un arrêt, son regard étant tourné vers sa poursuivante pour voir s'il avait réussi à la semer. Le petit bolide ne réussit pas à franchir assez rapidement le boulevard qui séparait Artane de Killester. Il fut happé de plein fouet par une imposante voiture à quatre roues motrices qui roulait beaucoup trop vite et dont le conducteur n'eut pas le temps de réagir. Rick fut projeté par-dessus la voiture comme une vulgaire poupée de chiffon et son scooter fut pulvérisé par les roues du véhicule. Le corps du jeune homme s'immobilisa sur la chaussée après avoir roulé plusieurs fois sur lui-même. Quelques piétons s'arrêtèrent sur le trottoir, horrifiés, et toute la circulation figea sur la grande artère.

Elizabeth arriva sur les lieux quelques secondes plus tard et découvrit son amoureux gisant au milieu de la chaussée… meurtri, brisé, immobile.

— NOOOOONNN!

CHAPITRE 19

New York, 18 octobre

Le sang de Cassandra était chaud dans la bouche de Milos, qui prenait soin de s'abreuver proprement. Cassandra était la première personne qu'il faisait entrer dans la cohorte et il voulait la traiter avec respect. Il ne pouvait s'empêcher d'esquisser un parallèle avec les enseignements de son père – «enfin… mon père adoptif, mon *vrai* père, mon papa, celui qui m'a élevé et aimé toute ma vie», prit-il la peine de préciser dans sa tête – qui lui avait dit, dès son plus jeune âge, qu'il fallait respecter les femmes, les aimer et faire passer leur plaisir avant le sien. Il était étrange de constater combien de liens ou de rapprochements on pouvait établir entre l'acte de faire l'amour et l'acte de vampiriser un autre être humain, même si cette dernière manifestation était certes moins bien vue dans la société !

Milos sentit le corps de Cassandra ramollir dans ses bras. Avait-elle perdu connaissance comme lui lorsqu'il s'était abandonné à Mila ? Est-ce que ses nouveaux instincts l'avaient bien guidé dans sa première transformation d'un être humain en vampire ? Cassandra était-elle morte ? Avait-il failli à la tâche et tué la jeune femme au lieu de lui donner la vie éternelle? Soudain pris de panique, Milos posa son oreille sur la poitrine de Cassandra. Quand il sentit les battements du cœur de la belle, il fut rassuré. Elle était toujours vivante; il pouvait donc poursuivre la vampirisation. Après tout, c'est Cassandra qui lui avait demandé de procéder. Et c'était si bon, c'était comme faire l'amour: l'union de deux êtres dans un plaisir tout personnel, tout charnel, fusionnel. Mais alors ne faudrait-il pas qu'il soit avec Océane? Pourquoi se trouvait-il avec Cassandra? La tête de Milos se mit à tourner. Cassandra attendait qu'il termine son entrée dans la cohorte, dans la vie éternelle. Il était trop tard maintenant, il ne pouvait plus s'arrêter. Mais trompait-il Océane? Non. Il ne fallait pas mélanger les choses. Il était amoureux d'Océane et allait faire sa vie avec elle, tandis qu'il ne faisait *qu'aider* Cassandra à accéder à la vie éternelle. D'ailleurs, il fallait poursuivre le processus maintenant. Après tout, la transformation était presque complétée. Il posa à nouveau sa bouche sur le cou de la belle rousse.

Tout à coup, au loin, Milos entendit une voix familière qui chantait. Il interrompit son abreuvement pour jeter un coup d'œil entre deux marches de l'escalier qui menaient au rez-de-chaussée de son immeuble.

— *I cried a tear, you wiped it dry, I was confused, you cleared my mind…* dit la voix étrangement connue mais teintée de tristesse.

Complètement soûl et bouleversé par sa peine d'amour, Matthew revenait à l'appartement. Il s'appuya sur les rampes de l'escalier pour éviter de tomber à la renverse. Milos tenta de se cacher rapidement, espérant que Matthew ne regarderait pas entre les marches. Ce dernier inspira profondément, les yeux fermés, comme s'il tentait d'esquiver un haut-le-cœur. Il se remit à chanter :

— *I sold my soul, you bought it back for me…*

Le colocataire de Milos s'arrêta et fronça les sourcils lorsqu'il crut apercevoir une silhouette sous l'escalier. Milos leva lentement les yeux, espérant que Matthew serait reparti, mais leurs regards se rencontrèrent.

— Milos ? dit Matthew, confus. Qu'est-ce que tu…

Il contourna l'escalier et descendit les trois marches qui lui permettraient de rejoindre son colocataire dans sa cachette. Milos se dépêcha de nettoyer la plaie dans le cou de Cassandra, s'assurant que les traces soient aussi discrètes que possible. Matthew manqua la dernière marche et tomba sur sa hanche gauche, une position parfaite pour bien voir ce qui se passait sous l'escalier.

— *Ow ! Damn it !* dit-il, davantage par réflexe que par douleur, partiellement anesthésié par les bières et les *shooters* qu'il avait ingurgités plus tôt.

Lorsqu'il ouvrit les yeux et tourna son regard vers Milos, Matthew s'aperçut que ce dernier n'était pas seul. Se sentant doublement trahi, il se remit à pleurer dans un grand soupir d'exaspération.

— Milos ! Tu viens de dire à Océane que tu es amoureux d'elle et, dès qu'elle part, tu sautes sur une autre fille ? *My God !*

Milos se rappela qu'en réalité Océane était toujours dans leur appartement, mais il chassa rapidement cette pensée. Un problème à la fois, c'était bien suffisant. Il fallait d'abord tenter d'apaiser la colère et la déception de Matthew pendant que Cassandra reprenait lentement conscience.

— *It's not what you think, Matt*, entreprit Milos.

Matthew ricana péniblement à travers les larmes qui coulaient toujours et en raison de sa respiration rendue difficile par l'alcool.

— Ben non! *Oh, please!* C'est Océane qui travaille pour *As the World Turns*, pas moi. Ne me réponds pas avec un dialogue de *soap*.

Cassandra ouvrit les yeux et se tourna vers Matthew. Elle sursauta.

— Cass? enchaîna le jeune homme en fixant Milos. Au moins, ce n'est pas une nouvelle! Mais quand même! C'est ça, la fidélité, pour toi, Milos Menzel?

Ce fut au tour des yeux de Milos de s'emplir de larmes. Non, il n'avait pas trompé Océane en faisant l'amour à une autre fille, mais ce qu'il venait de faire à Cassandra n'était-il pas tout aussi répréhensible? Une culpabilité paralysante l'envahit.

— *I'm sorry, Cass*, poursuivit Matthew, mais il faut que tu le saches. Milos n'est pas celui qu'il dit être. Mais ne t'en fais pas. Moi aussi, je me suis fait avoir. Je croyais qu'il était sincère, qu'il était honnête… charmant, pas juste charmeur. Mais je me rends compte que je me suis trompé.

Cassandra, réalisant qu'elle-même n'était plus la même, tira un mouchoir de la poche de son manteau et l'appliqua discrètement sur les petites plaies que Milos avait laissées dans son cou. Lorsqu'elle y vit un peu de sang, elle décida de replacer le papier et d'appuyer dessus comme on procéderait pour une coupure ou un saignement de nez. Elle espérait que les incisions cicatriseraient rapidement.

Croyant que Cassandra épongeait de la sueur à la suite de ses ébats amoureux avec Milos, Matthew ajouta avec cynisme :

— Il est *hot,* n'est-ce pas ? Je ne l'ai jamais expérimenté personnellement, mais j'ai entendu… et j'en ai beaucoup entendu parler !

Milos regrettait de ne pas avoir avoué à Matthew, tout de suite après son retour, qu'il était le fils du comte Dracula, qu'il était devenu un vampire et qu'il était maintenant en mission.

Cassandra, constatant que tout était en train de déraper et voulant bien faire, s'approcha de Matthew en replaçant ses vêtements et dit :

— Bientôt, tu vas tout comprendre, Matthew.

Toujours aussi blessé, ce dernier se leva péniblement en gloussant de dégoût.

— Je comprends déjà ! Ça m'a pris du temps, mais maintenant, je comprends tout.

Matthew remonta les trois marches qui menaient au trottoir pendant que Cassandra se tournait vers Milos dont les paupières réussissaient toujours à retenir les larmes.

— Merci, Milos, chuchota-t-elle. Merci de ta confiance. Nous serons à jamais liés maintenant.

Cassandra sortit de la cachette et fila sur le trottoir en direction de la 3e Avenue.

Milos entendit les pas lourds d'un Matthew éméché monter laborieusement les marches vers la porte de leur immeuble. Sa tête tournait toujours. Il savait qu'il avait blessé Matthew, mais il ne comprenait pas tout à fait pourquoi ni comment. Ou peut-être ne voulait-il pas se l'avouer, tout simplement ?

— Matthew ! Attends-moi ! dit-il en se relevant et en s'élançant à la suite de son ami. Excuse-moi !

Encore tiraillé à cause de ce qu'il venait de faire à Cassandra, Milos ne savait pas pourquoi il présentait des excuses à Matthew, mais il savait que cette demande de pardon était essentielle à la survie de leur amitié.

— T'excuser pour quoi ? Je n'ai rien à te pardonner. Tu ne m'as rien fait. Tu ne m'as jamais fait quoi que ce soit. Ce n'est pas moi qui suis important là-dedans.

À chaque phrase qui sortait de la bouche de Matthew, Milos comprenait le contraire. Matthew avait tout à lui pardonner. Milos lui avait tout fait. Il l'avait constamment forcé à faire des choses pour lui. Il était d'une importance capitale dans sa vie. Comme un…

Matthew ouvrit brusquement la porte et pénétra dans l'immeuble, suivi de son colocataire.

— Matthew, *please listen to me*. Je te l'ai dit. Tu es très important pour moi. Tu es mon frère.

Le dernier mot transperça le cœur de Matthew comme une épée effilée.

— Qu'est-ce que je peux faire pour que tu me pardonnes ? supplia Milos, les yeux pleins d'eau.

Matthew regarda Milos pendant un moment et réalisa qu'il avait tout compris de travers, qu'il avait jugé Milos trop sévèrement et qu'il y avait quelque chose, quelque part, qu'il ne pouvait saisir parce qu'il n'avait pas toutes les données. Son cerveau étant toujours affaibli par les vapeurs de l'alcool, Matthew souffla doucement :

— Aime-moi.

Ce qui avait été un jeu de chat et de souris entre eux depuis qu'ils se connaissaient prenait maintenant une tout autre direction, une tangente sérieuse qui les menait sur un chemin de non-retour.

Matthew avait prononcé les mots mais, malgré l'espoir qu'ils contenaient et les conséquences de leur poids, il savait qu'il aurait dû se taire.

— Mais c'est sûr que je t'aime, prononça finalement Milos pour consoler Matthew, en espérant que ses mots ne seraient pas mal interprétés.

Matthew déposa un baiser sous l'œil de son ami et attrapa une larme salée. Milos ferma les yeux et fut secoué par des spasmes de mélancolie comme il n'en avait pas connu depuis des années.

Décontenancé, Matt posa ses lèvres sur la bouche entrouverte de Milos. Ce dernier se laissa embrasser, surtout parce qu'il sentait qu'il devait ce baiser à Matthew pour tous les faux espoirs qu'il lui avait donnés, consciemment ou inconsciemment.

Matthew comprit bien l'intention de Milos et n'abusa pas de la situation. Dans ce baiser, il y avait de l'affection, de la compassion, du respect, de l'amitié, mais il n'y avait pas d'amour passion. Une grande reconnaissance envahit Matthew.

— Je t'aimerai toujours, dit Milos, les yeux remplis d'amour filial lorsque leurs bouches se quittèrent.

— Moi aussi.

Ils s'étreignirent pendant un moment et la chaleur des bras de Matthew donna un petit répit à la culpabilité qui envahissait Milos.

— Est-ce que tu saignes de la bouche? demanda soudainement Matthew en reconnaissant le goût d'hémoglobine sur sa langue et sur ses lèvres.

Le corps de Milos fut à nouveau secoué par des spasmes, provoqués à la fois par un fou rire incontrôlable et par le retour de la douloureuse culpabilité d'avoir transformé la vie de Cassandra. Les larmes de la culpabilité finirent par prendre le dessus et les jambes de Milos se dérobèrent sous lui. Il glissa lentement vers le plancher et Matthew, ne sachant pas trop ce qui se passait, s'agenouilla à ses côtés pour veiller sur lui, impuissant, comme un parent tentant de consoler son enfant blessé.

CHAPITRE 20

Québec, 18 octobre

— Vous êtes un ange envoyé du ciel, docteur Dumitru! s'exclama mamie Loulou en prenant les mains de celui qu'elle croyait être le nouveau géronto-logue de l'hôpital Saint-Sacrement.

Le compliment mit le faux médecin mal à l'aise. Il se racla la gorge avant d'affirmer:

— C'est vous qui avez fait tout le travail, madame Lachance.

David et Lyne sourirent.

— En tout cas, c'est vrai que ça ressemble à un miracle, tout ça, dit David, débordant d'enthousiasme à l'idée d'aider sa belle-mère à rentrer chez elle.

Pendant ce temps, Lyne s'affairait déjà à ranger les effets personnels de Louise dans la petite valise et le sac fourre-tout que celle-ci gardait à l'hôpital.

— Voilà, maman, tout est prêt! lança Lyne, excitée. On peut partir, docteur?

Monsieur Dumitru sourit, comprenant bien l'allégresse qui envahissait la famille.

— Il y a encore quelques papiers à signer, mais… dans quelques minutes, tout sera complété.

Encore sous le choc de voir son accompagnateur roumain transformé en médecin qui «pratiquait» auprès de sa grand-mère, Sarah se ressaisit et dit:

— Pendant que vous faites ça, Loulou et moi, on va faire le tour de sa chambre pour s'assurer qu'elle n'a rien oublié. Hein, Loulou?

Comprenant le langage codé de sa petite-fille qu'elle avait l'impression d'avoir tricotée même si celle-ci était adoptée, Louise acquiesça:

— Vous avez entendu? Ma petite-fille veut faire sa dernière inspection. Allez, ouste! Tout le monde dehors.

David, Lyne et monsieur Dumitru sourirent et commencèrent à se diriger vers la sortie.

— Vous êtes certaine que vous n'avez pas d'autres questions, madame Lachance? demanda l'homme de main de Dracula.

Sarah s'interposa et répondit à la place de sa grand-mère.

— Non, non, elle n'a pas d'autres questions. Elle a trop hâte de partir d'ici. Hein, mamie? Merci, docteur Doumitri.

— Dumitru.

— Ouais, ouais…

En moins de temps qu'il n'en faut pour le dire, Sarah se retrouva seule avec sa grand-mère… et une vieille dame que Sarah n'avait jamais vue et qui était branchée sur un respirateur dans le lit voisin.

— Bon, enfin! dit Sarah.

Louise regarda Sarah en fronçant les sourcils, ne comprenant pas où sa petite-fille voulait en venir.

— Tu as un secret à me dire? Quelque chose ne va pas?

Sarah agrippa Loulou en regardant tout autour d'elle et emmena sa grand-mère jusqu'à son fauteuil. Pour lui annoncer ce qu'elle avait à dire, Sarah préférait que Louise soit assise, même si elle avait rajeuni de plusieurs années depuis qu'elle avait été mordue par son infâme père biologique!

— C'est ma faute, tout ce qui t'arrive, mamie! chuchota-t-elle, terrifiée à l'idée que quelqu'un pourrait l'entendre.

Louise regarda Sarah, éberluée.

— Qu'est-ce que tu racontes? Qu'est-ce qui m'arrive?

Sarah se rappela que Louise était dans le noir total, qu'elle n'avait aucune idée de tous les changements qui étaient survenus dans les derniers jours.

— Hé, misère! dit-elle, découragée, en se laissant choir sur le lit, en face de sa grand-mère. Par où commencer?

Sarah lui paraissait sérieusement troublée et ébran-
lée, mais Louise décida néanmoins de miser sur
l'humour pour attaquer.

— Commence par le début, ma chérie. C'est
toujours mieux.

Sarah soupira, excédée.

— Je m'en veux tellement!

Louise maintint le silence, attendant que Sarah
poursuive.

— Qu'est-ce que j'ai à m'en vouloir? Ce n'est pas ma
faute. C'est sa faute, à lui. Ce n'est pas moi qui ai décidé
ça. C'est lui.

Plus Sarah parlait, plus Louise devenait confuse.

— Sarah, je suis censée aller mieux et là, tu me
paralyses le cerveau comme quand j'ai fait mon
accident cérébro-vasculaire.

Sarah se leva d'un bond et se mit à faire les cent pas
comme si marcher pouvait lui donner la lucidité qu'il
lui fallait pour énoncer clairement le problème à sa
grand-mère.

— Excuse-moi, mamie, mais c'est tellement
compliqué.

— Commence par me dire de *qui* tu parles, suggéra
Louise.

— Mon père!

— David?

— Non, l'autre.

— L'autre ?

— Mon père biologique.

— Ton père biolo…

Louise s'interrompit, figée. Dans sa tête, des milliers d'images, de mots, d'idées et de scénarios se bousculaient. Que savait Sarah sur ses parents biologiques ? Lyne et David lui avaient-ils caché quelque chose sur les origines de sa petite-fille et c'est maintenant qu'ils avaient décidé d'en parler à Sarah ?

— Oui, mon père biologique, reprit Sarah. C'est à cause de lui que j'ai disparu pendant quelques jours.

Les yeux de Louise s'écarquillèrent.

— Tu as disparu pendant quelques jours ?

Sarah poussa un soupir d'exaspération.

— Ah ! C'est tellement compliqué !

Rapidement, Sarah résuma son départ de la maison lundi matin et les recherches effrénées de ses parents adoptifs qui croyaient qu'elle avait été kidnappée.

— Alors tu as fait une fugue, ma chérie ?

— Mais non, dit Sarah, en agrippant sa chevelure d'ébène à deux mains. J'ai été enlevée par…

Saisie, Louise porta la main à sa poitrine.

— ENLEVÉE ?

— Mais non ! J'ai été… empruntée.

Des points d'interrogation s'affichèrent dans les yeux de Louise.

— Empruntée ?

Sarah devenait de plus en plus découragée. Les minutes étaient comptées. Elle devait tout dire à Louise pour assurer sa sécurité – croyait-elle –, mais ses parents adoptifs allaient revenir d'une minute à l'autre.

— Ah ! Je sais que ça ne tient pas debout, mamie, mais écoute-moi bien, OK ? Je vais parler vite, mais suis-moi, d'accord ?

Louise se contenta d'opiner du bonnet, docile.

Sarah lui expliqua rapidement son périple. Son quasi-kidnapping par monsieur Dumitru, l'héritage qui lui était promis, son voyage en limousine jusqu'à Montréal, l'avion l'ayant menée à Bucarest, la limousine qui l'avait conduite au château dans les Carpates pour la lecture du testament de son père biologique, sa rencontre avec son demi-frère et sa demi-sœur – « J'ai tellement hâte de te les présenter, mamie. Ils sont si gentils ! » –, les clauses du testament, son retour en sol canadien…

— Comprends-tu ? Il faut que je devienne un vampire parce que je suis la fille biologique du comte Vladislav Dracula. Il veut que Milos, Elizabeth et moi entrions dans la cohorte pour perpétuer la lignée, tu comprends ?

— Alors tu vas devenir un vampire ?

Sarah soupira, épuisée et découragée.

— Je ne sais plus! Maintenant que tu es guérie, que tu vas mieux, je… j'étais allée chercher l'argent en Transylvanie pour que tu puisses obtenir les meilleurs soins. Pour que tu puisses déménager chez nous pendant ta convalescence et avoir une infirmière à plein temps, vingt-quatre heures sur vingt-quatre, et le meilleur physiothérapeute du monde entier, comprends-tu?

Les yeux de Louise s'embuèrent.

— Tu as fait tout ça pour moi?

— Oui. Mais j'ai tout fait ça pour rien parce que tu es devenu un vampire avant moi! C'est pour ça que je te dis que c'est ma faute ce qui t'arrive. Monsieur Sarrazin est un imposteur, mamie. Mon père biologique s'est… réincarné en lui ou… en tout cas, il s'est transformé en vieux monsieur gentil pour te séduire et *te* transformer en vampire.

Louise écoutait le récit de Sarah comme si elle s'était fait narrer l'histoire d'un film. Elle profita d'un court silence pour tenter de compléter l'explication de sa petite-fille.

— Alors je suis maintenant un vampire, si je comprends bien?

— Oui! Et c'est ma faute!

Louise regarda Sarah avec affection.

— C'est ta faute si j'ai l'impression d'avoir cinquante ans à nouveau?

Sarah ne sut quoi répondre. Louise enchaîna:

— Je me préparais à mourir, Sarah. À mon âge, on n'a d'autre choix que d'accepter le vieillissement, la fin de la vie. Mais regarde-moi. Je me sens revivre. On m'a donné une nouvelle vie.

— Oui, mais tu es un vampire maintenant!

Mamie Loulou continua de regarder Sarah comme si elle ne comprenait pas ou comme si elle voulait éviter le sujet.

Sarah plongea sa main dans le sac de Louise et en sortit sa petite trousse de cosmétiques.

— Enlève ton foulard, ordonna-t-elle.

— Quoi?

— Enlève ton foulard, s'il te plaît.

Louise obéit docilement pendant que Sarah tirait un petit miroir du sac de maquillage de sa grand-mère.

— Vois-tu?

Louise observa les deux trous cicatrisés dans son cou. Elle eut un petit air de surprise mêlée de dégoût.

— Tu es un vampire parce que mon père biologique est le comte Dracula, le roi des vampires!

Les yeux de Sarah s'embuèrent et, fâchée contre elle-même, elle se mit à se frapper les flancs avec ses poings, tout en marchant les yeux levés au plafond pour éviter que ne coulent les larmes.

— Il ne faut pas que je pleure, il ne faut pas que je pleure, se répéta-t-elle à voix basse. Ils vont revenir et je vais *encore* être obligée de mentir. Je n'en peux plus de mentir ! Ça m'écœure !

Louise se leva d'un bond et vint prendre Sarah par les épaules.

— Ma chérie, viens ici. Viens t'asseoir.

Ce fut au tour de Sarah d'obéir sagement.

— Écoute-moi, souffla doucement Louise lorsqu'elles furent assises l'une en face de l'autre. Je t'aime, Sarah. Grâce à toi, j'aurai maintenant la vie éternelle. Ce n'est pas merveilleux, ça ? Tu m'as donné la vie éternelle. En plus, tu n'auras pas besoin de devenir un vampire puisque…

Louise s'arrêta et sourit affectueusement à sa petite-fille, comblée et reconnaissante.

— Je ne suis pas sûre de ça, mamie, dit Sarah, toujours troublée lorsqu'elle regardait vers l'avenir.

Louise garda le silence pour que Sarah comprenne clairement ses remerciements. La petite sécha ses larmes. Louise lui caressa la joue.

— C'est dommage pour Victor, par contre, soupira Louise. Je ne te l'avais jamais dit, mais… il n'y a rien qui me rend folle comme des bisous dans le cou.

Étonnée, Sarah éclata de rire, ne sachant plus comment gérer ce trop-plein d'émotions.

Lyne et David frappèrent discrètement à la porte de la chambre. Ils entrèrent sur la pointe des pieds pour éviter de déranger. Tout était réglé. Mamie Loulou pouvait maintenant rentrer chez elle grâce à l'intervention du faux docteur Dumitru qui avait fait le nécessaire pour qu'elle quitte l'hôpital comme une mortelle guérie!

Sentant la présence de sa fille et de son gendre, Louise se leva et entraîna Sarah avec elle en annonçant :

— Allez! Il faut que j'aille arroser mes plantes!

CHAPITRE 21

Killester, 18 octobre

Au son du cri d'Elizabeth, puissant et désespéré, plusieurs témoins de l'accident s'éclipsèrent, affolés et craignant de voir des effluves de sang. La jeune femme s'élança sur le boulevard vers le corps de son amoureux sans prendre garde aux voitures qui arrivaient dans les deux sens et dont les conducteurs ne s'étaient pas encore rendu compte de l'accident. Elizabeth ignora les klaxons et se pencha sur Rick en répétant sans cesse le prénom du garçon.

— Tu t'en remettras, mon amour. Les secours s'en viennent.

Elizabeth, faisant fi de tout ce qu'elle avait toujours entendu à propos des consignes à suivre lorsqu'on secourait un traumatisé de la route, passa délicatement son bras sous la tête de Rick et détacha l'attache du casque sous le menton du blessé. Elle remarqua le sang sur la courroie et la cassure franche sur le casque qui était presque fendu en deux. Elizabeth frissonna en pensant à ce qui serait arrivé à la tête de Rick s'il n'avait pas porté ce casque.

— Je t'aime, mon amour, lui souffla-t-elle pour tenter d'oublier ses pensées morbides. Je suis là. Je m'occupe de toi.

Pendant ce temps, la conductrice de la voiture qui avait frappé le scooter sortit de son véhicule comme si elle avait été en transe et vint voir l'état de la victime. Lorsque Elizabeth perçut la présence de la dame, elle se tourna rapidement sans lui porter attention et s'écria :

— Faites venir une ambulance. Vite ! Il va mourir.

La conductrice eut le souffle coupé et porta les mains à sa bouche en tremblant :

— Lizzie ? Oh, *my God*…

Elle fit le signe de la croix en pleurant et en reculant avant de se ressaisir et de regagner sa voiture.

Elizabeth avait déjà ramené toute son attention sur Rick dont elle caressait les cheveux humides qui dégageaient l'odeur de styromousse de l'intérieur du casque.

— Tu m'entends, mon amour ? Je ne te quitterai plus.

Quelques secondes plus tard, la jeune fille réalisa que la contrevenante avait fui le lieu de l'accident avec son véhicule.

Elizabeth releva une fois de plus la tête et constata qu'il ne restait plus qu'une poignée de piétons et d'auto-mobilistes sur les lieux. Ils semblaient tous frappés de stupeur.

— S'il vous plaît! Appelez les services d'urgence. Mon amour va mourir. S'il vous plaît!

Elizabeth souleva légèrement le haut du corps inerte de Rick pour le bercer contre elle. Ce faisant, elle sentit sa main droite se remplir de sang. D'où venait-il? Elle se pencha davantage sur son amoureux et constata avec horreur que la peau du côté droit du cou de Rick avait été sérieusement déchirée. La plaie semblait profonde et saignait abondamment. En cascadant par-dessus la voiture, Rick s'était accroché le cou dans une des attaches métalliques du porte-bagages du véhicule utilitaire sport. L'adolescente s'inquiéta: est-ce que la veine jugulaire avait été atteinte? Était-ce la raison pour laquelle il y avait tant de sang qui s'échappait du corps de son amoureux?

Tentant de garder son calme, Elizabeth tapota doucement la joue de Rick en lui parlant:

— Tout ira bien, mon amour, mais j'aimerais que tu me parles un peu. Dis-moi que tu m'en veux de t'avoir abandonné au restaurant. Dis-moi que je suis la dernière des sans-cœur, que je suis une moins que rien.

À travers ses larmes, Elizabeth eut un petit rire nerveux.

— Je sais que c'est ce que tu as le goût de faire, enchaîna-t-elle. Allez! Vas-y! Je suis capable d'en prendre. Ne te retiens pas!

Rick demeura immobile, les yeux fermés.

— Si tu ne dis rien, je serai obligée de chanter *I Will Always Love You*! Est-ce que c'est ça que tu veux?

Toujours rien.

Elizabeth plaça sa joue devant la bouche de Rick pour sentir son souffle. Rien. De plus en plus inquiète, elle porta sa main gauche à la poitrine de son amoureux pour percevoir des pulsions cardiaques. Toujours rien. Prise de panique, Elizabeth leva encore les yeux et hurla :

— Il va mourir ! Avez-vous appelé l'ambulance ?

Il ne restait plus que quatre personnes sur les lieux de l'accident. Les yeux d'Elizabeth rencontrèrent ceux de monsieur Bradley qui faisait partie du groupe. « Seulement trois témoins… et mon ange gardien », se dit Elizabeth de plus en plus désespérée.

Au moment où monsieur Bradley s'apprêtait à transmettre un message télépathique à Elizabeth, cette dernière entendit une sirène d'ambulance au loin. Elle eut un sourire soulagé à l'égard de monsieur Bradley, puis elle reporta son attention sur Rick.

— Tu entends, mon amour ? C'est l'ambulance. On va venir te sauver.

Un sanglot incontrôlable, comme un ouragan venu de nulle part, monta des entrailles d'Elizabeth et la jeune femme fondit en larmes.

— Rick, il faut que tu vives ! Tu ne peux pas partir maintenant. Nous avons l'éternité devant nous. Réveille-toi. Ouvre tes yeux. Parle-moi. Un seul mot, mon amour…

Les larmes chaudes et salées d'Elizabeth tombaient sur le visage de Rick qui ne réagissait toujours pas. Les yeux embués, la jeune femme tentait de figer l'image du visage de son ami dans sa mémoire. C'était sans doute la dernière fois qu'elle le voyait. Les ambulanciers le lui arracheraient des bras, tenteraient de le réanimer, l'emmèneraient à l'hôpital. Elle s'y rendrait aussi et les médecins lui annonceraient qu'ils n'avaient pas pu le sauver, qu'ils avaient tout fait, qu'ils étaient désolés.

«Mes larmes tombent sur toi, Rick, constata Elizabeth en silence. J'ai souvent vu des filles pleurer pour des garçons dans des films; j'ai souvent vu des personnages pleurer sur des êtres chers… mais c'est la première fois que je vois quelqu'un pleurer *littéralement* sur quelqu'un…»

Cette réflexion fit trembler Elizabeth de douleur et une autre de ses larmes tomba sur la joue de Rick qui eut un spasme. Ayant perçu le mouvement, Elizabeth s'arrêta net et souffla:

— Rick?

Les yeux du jeune homme s'ouvrirent péniblement. La respiration d'Elizabeth devint haletante d'espoir. Un sourire illumina son visage couvert de larmes.

— Il n'est pas mort, monsieur Bradley! s'écria-t-elle. Il ouvre les yeux!

L'homme esquissa un sourire timide.

Puis, Elizabeth s'adressa à Rick:

— Tu m'entends, mon amour ? Tu as été frappé par une voiture, mais l'ambulance arrive. Tout ira bien.

Les yeux de Rick s'écarquillèrent pendant une fraction de seconde, conséquence de la douleur atroce des blessures internes que le jeune homme avait subies.

— Je t'aime, Elizabeth Gurney, balbutia péniblement l'adolescent.

Ses yeux se refermèrent lentement et Elizabeth sentit la vie s'échapper du corps de Rick. Prise de panique, elle voulut retenir son amoureux avec ses paroles.

— Non, non, Rick ! Il faut que tu restes encore quelques minutes, quelques secondes. Les secours arrivent. Tiens bon !

Elle tourna la tête vers monsieur Bradley.

— Il ne peut pas mourir ! Il ne peut pas ! Qu'est-ce que je fais ? Sauvez-le ! Aidez-moi !

« Tu as le pouvoir de le sauver, Elizabeth », dit monsieur Bradley télépathiquement. « Tu l'aimes. Emmène-le dans la cohorte. »

Sans plus d'hésitation, Elizabeth plaqua sa bouche sur la plaie fraîche dans le cou de Rick et le vampirisa comme monsieur Bradley l'avait fait pour elle quelques heures plus tôt. Elle donnait à Rick la vie éternelle. Ils seraient ensemble pour toujours maintenant. Amoureux à la vie, à la mort, à la vie !

Croyant qu'Elizabeth pleurait sur le cadavre de son amoureux, les passants reprirent leur chemin en hochant tristement la tête. Après quelques minutes,

Elizabeth sentit qu'elle avait fait ce qu'il fallait. Rick était entré dans la cohorte. Comme elle après sa vampirisation, il était toujours inconscient, mais il avait maintenant le teint de celui qui allait… ressusciter.

Elizabeth tenta d'effacer rapidement les traces de l'opération. En vampirisant Rick, elle avait cicatrisé la plaie qui aurait pu avoir raison de son amoureux. Elle se leva sans difficulté, portant le corps de Rick, toujours inconscient. Elle jeta un regard des deux côtés du boulevard déserté et s'enfuit par une ruelle, entre deux maisons, disparaissant avec le garçon qu'elle aimait avant que n'arrivent les services médicaux et les autorités policières.

CHAPITRE 22

New York, 18 octobre

— Matthew? Milos? Qu'est-ce que vous faites là? demanda Océane en sortant de l'appartement en robe de chambre, une serviette drapée autour de ses cheveux en guise de turban.

Matthew leva les yeux sur la belle Française et eut un geste d'impuissance. Milos était toujours blotti dans ses bras, mais Matthew n'avait pas vu le visage de son ami depuis un moment et les spasmes qui avaient secoué le corps de son colocataire plus tôt s'étaient maintenant estompés.

Océane s'approcha lentement et posa une main sur l'épaule de Milos qui ne broncha pas.

— Qu'est-ce qui se passe, mon chéri? Pourquoi êtes-vous dans le couloir?

Océane tourna son regard vers Matthew et fronça les sourcils comme une mère au regard réprobateur.

— Et toi? Où étais-tu, tout ce temps-là? Nous nous inquiétions pour toi.

— J'étais dans un bar en train de me soûler la gueule, vociféra l'interpellé, toujours amorti par l'alcool. Vous vous inquiétiez ? Ha ! Je suis certain que vous aviez bien mieux à faire.

Océane poussa un soupir excédé.

— Qu'est-ce que tu as, Milos ? Matthew, qu'est-ce que tu lui as fait ?

Ce dernier sentit une colère peu commune monter de son bas-ventre.

— Ce que je lui ai fait ? Non mais, c'est quoi l'affaire ? Il y a quelqu'un qui a baptisé ce jour « la journée mondiale frappons sur Matthew » et on a oublié de me le dire ? Je commence à en avoir vraiment assez !

Le jeune homme se leva rapidement, laissant Milos à lui-même pour la première fois depuis la crise de larmes incontrôlable de son colocataire. Il bouscula Océane pour s'engouffrer enfin dans l'appartement.

— Tout le monde se préoccupe de Milos et de ses sentiments, mais est-ce qu'il y a quelqu'un qui se demande comment je me sens, moi ? Hein ? Milos, Milos, Milos ! Eh bien, figurez-vous qu'il y a d'autres personnes sur la terre que Milos Menzel, *okay* ?

Océane entendait Matthew tempêter dans l'appartement, mais son attention était toujours fixée sur un Milos quasi catatonique qui ne bougeait pas, assis en indien devant la porte d'entrée de l'immeuble.

La jeune femme caressa doucement les cheveux blonds de son amoureux jusqu'à ce qu'il tourne un regard d'enfant égaré vers elle. Elle n'avait jamais vu Milos si vulnérable, si démuni.

— Milos? Mon amour? Est-ce que tu m'entends?

Océane réalisa qu'elle parlait à son amoureux comme s'il avait trois ans. Pourtant, même ces mots tout simples et ce ton enfantin ne semblaient pas produire le moindre effet sur lui. Milos n'était plus qu'une coquille vide. Avait-il été victime d'un accident? Son comportement s'apparentait presque à celui de quelqu'un qui aurait subi un accident cérébro-vasculaire. La panique s'empara d'Océane.

— Milos! C'est assez! Parle-moi! Réveille-toi!

Le jeune homme demeura impassible. Cependant, Océane n'avait pas dit son dernier mot.

— Lève-toi, ordonna-t-elle en l'agrippant par le bras. Allez! Tu ne peux pas rester devant la porte d'entrée. On se lève!

Océane réussit tant bien que mal à remettre Milos debout. Puis, elle glissa son bras sous l'épaule de son ami pour le soutenir. Elle l'aida à retourner à l'appartement comme on accompagnerait une personne dont la cheville serait foulée.

— C'est ça. Allez. Oui, oui, par ici. On passe la porte… et on s'assoit!

Milos s'affala sur le divan, toujours dans un état semi-comateux.

Matthew, qui était passé à la salle de bain pour s'asperger le visage d'eau fraîche, revint au salon, visiblement déterminé à oublier ce qui venait de se passer.

— Tu as réussi à le faire entrer ? Alors, ce doit être vrai ce qu'ils disent : derrière tout grand homme, il y a toujours une femme. Honnêtement, je me suis toujours demandé ce qu'une femme pouvait faire par-derrière, mais bon…

— Matthew ! Vraiment !

— Je sors ! Je suis attendu ! Je suis un gars populaire, tu sais. *Ciao, darling!*

Océane se leva d'un bond et se plaqua devant la porte, barrant le chemin à Matthew.

— Pas si vite ! Tu ne sortiras pas avant de me raconter ce qui s'est passé entre Milos et toi.

— Ce n'est pas entre Milos et moi qu'il s'est passé quelque chose !

Aussitôt les mots sortis de sa bouche, Matthew les regretta. Il savait qu'il aurait maintenant à s'expliquer.

— Mais alors, qui a mis Milos dans cet état-là ?

Matthew poussa un soupir d'impatience dans l'espoir qu'Océane le laisserait tranquille, mais c'était très mal connaître la jeune femme.

— Si je le savais, je te le dirais, *okay* ? Mais tu sais quoi ? En ce moment, je n'ai pas envie de penser à Milos. J'ai envie de penser à moi, pour faire change-ment. Je trouve que j'ai consacré beaucoup trop de temps et d'énergie à m'en faire pour Milos Menzel depuis quelque temps. Alors, laisse-moi passer !

Océane et Matthew restèrent nez à nez pendant un moment jusqu'à ce que la jeune femme décide enfin de céder le passage.

Matthew fit un petit sourire narquois avant de dire :

— Merci, Wet One.

Océane laissa passer Matthew avant de murmurer :

— Je pensais vraiment que tu étais son ami.

Quelques secondes plus tard, pendant qu'Océane prenait place aux côtés de Milos sur le divan, Matthew réapparaissait dans le cadre de porte.

— *Cheap shot*. Tu sais très bien que je suis plus qu'un ami pour lui. Je suis comme…

— … un frère, je sais. Il me l'a dit. Tu es très important pour lui. Il t'aime beaucoup.

Les yeux de Matthew s'embrouillèrent.

— C'est justement ça, le problème, avoua-t-il. Il m'aime, mais… pas comme j'aimerais qu'il m'aime.

Un silence envahit la pièce.

— Avec Milos, je suis toujours la demoiselle d'honneur et pas la mariée… si tu me passes l'expression. J'ai l'impression d'être toujours celui qui réconforte, pas celui qui *vit* les choses. L'acteur de soutien, celui qui est dans l'ombre…

Les confidences de Matthew consternèrent Océane.

— Ah non, ne me regarde pas avec ces yeux-là ! Je ne veux pas de ta pitié. Je vais vivre ma peine d'amour et je vais passer à autre chose. Ce n'est pas ma première peine d'amour et ce ne sera sûrement pas la dernière. Je vais m'en remettre… mais j'irai peut-être m'en remettre ailleurs.

Océane regarda Matthew, intriguée et inquiète.

— Qu'est-ce que tu veux dire ?

La sonnerie du téléphone cellulaire de Milos empêcha Matthew de répondre. Sauvé par la cloche ?

— Milos, ton téléphone, mon amour… dit Océane en lui tendant l'appareil qu'elle avait pris sur la table à café.

Une autre sonnerie et Milos sortit de son état comateux comme un hypnotisé au claquement de doigts de l'hypnotiseur.

— Allô ?

À la fois étonnés et dépassés, Matthew et Océane échangèrent un regard.

— *Yes*, Barry. Ça va ?

— Ça va, mais… je t'attends depuis dix-neuf heures trente, dit le patron de Milos au Chelsea Cinemas. Je t'avais donné rendez-vous. Es-tu en route ? As-tu été retardé ?

Milos tourna un regard affolé vers Océane et Matthew en se repassant les événements des dernières heures dans la tête. Avec toutes ces émotions, il avait complètement oublié le rendez-vous.

— Ah, Barry ! Je suis tellement désolé ! J'ai complètement oublié. Il s'est… euh… passé tellement de choses depuis que je suis revenu de… mon voyage. Écoute : je n'ai pas d'excuses. J'ai tout simplement oublié.

Barry apprécia la franchise de Milos qu'il aimait bien et qu'il savait généralement consciencieux, travaillant et sérieux.

— Ce n'est pas grave, dit-il, conciliant. J'avais une proposition à te faire, une bonne nouvelle et… j'aurais voulu le faire en personne pour voir ta réaction, mais j'imagine que je devrai me contenter de l'entendre…

Encore une fois, les yeux de Milos, pleins de points d'interrogation, se tournèrent vers Océane et Matthew. Ces derniers, tout aussi intrigués, dévisagèrent leur ami.

— Devon part en tournée avec *Phantom of the Opera*. Il ne sait pas quand il reviendra, alors… il m'a remis sa démission. Ça s'est fait à l'amiable, bien sûr, et je ne peux pas lui en vouloir de sauter sur une occasion pareille, mais… j'ai besoin de quelqu'un pour jouer Rocky en permanence dans le *Picture Show* et… je me demandais si ça t'intéresserait.

Milos, comme en transe, accepta sur-le-champ.

— Super ! s'exclama Barry. Je t'attends vendredi. Merci, Milos.

Toujours en état de choc, le jeune homme dit :

— Mille mercis, Barry. C'est vraiment *cool*.

Milos raccrocha et, après quelques secondes, éclata d'un rire qui aurait pu sembler diabolique s'il n'avait pas été si heureux.

— Qu'est-ce qui se passe ? demandèrent Matthew et Océane en chœur.

— Vendredi soir, je remonte sur scène dans le *Picture Show*. Comme si je n'avais pas assez de choses qui se passaient dans ma vie. Mais… *The show must go on !*

Encore une fois, Milos éclata de rire. Océane et Matthew, décontenancés, sourirent néanmoins, heureux de retrouver le Milos d'avant les événements du début de la soirée.

CHAPITRE 23

Killester, 19 octobre, 8 h 13 (heure locale)

— *Good morning, mommy,* dit Elizabeth d'une voix doucereuse, en apparaissant dans le cadre de porte de la cuisine.

Molly O'Neil sursauta, puis elle manqua de défaillir. Ses yeux se mirent à cligner comme des feux de circulation déréglés.

— Je suis rentrée très tard hier soir. Je n'ai pas voulu vous réveiller, papa et toi. Excuse-moi.

Molly ne savait quoi dire, complètement abasourdie devant le retour inattendu de sa fille. Elle avait passé et repassé des dizaines de dialogues dans sa tête en prévision de ce retour. Dans l'un des scénarios, elle fustigeait Elizabeth sans merci, la traînant autant sur le terrain de la culpabilité (« As-tu voulu nous faire mourir ? ») que sur la route de la frousse (« Tu aurais pu te retrouver morte, coupée en petits morceaux dans un sac à ordures laissé à l'abandon au fond d'un trou, au plus profond d'une forêt ! ») ou sur le chemin de la réflexion (« As-tu pensé aux conséquences de ton geste ? »). Dans un autre des scénarios, elle pleurait toutes les larmes de son corps en enlaçant sa fille et en jurant de ne plus jamais la laisser partir. Dans le dernier scénario, c'était Elizabeth qui revenait complètement brisée, meurtrie, blessée, et Molly devait, en bonne professionnelle de la santé, gynécologue de surcroît, soigner sa fille, lui faire passer des tests de grossesse, de maladies transmises sexuellement, nettoyer et soigner les plaies et les déchirures laissées par l'ignoble individu qui l'avait violée !

Mais devant sa fille plantée là bien vivante sous son nez, comme si rien ne s'était passé, Molly était muette.

Prévoyant le pire, Elizabeth fut décontenancée par le silence prolongé.

— Est-ce qu'il reste des scones ?

Cette phrase, qu'Elizabeth croyait inoffensive, fut l'étincelle qui mit le feu aux poudres.

— Des scones ? Tu me demandes des scones, Elizabeth Gurney ? Je devrais te lancer des roches !

Elizabeth sourit malgré elle. La vie reprenait son cours normal. Molly interpréta le sourire d'Elizabeth comme de la provocation.

— Tu te trouves drôle ? Tu es fière de toi ? Tu penses que c'est intelligent de partir comme ça, en pleine nuit, sans nous dire où tu vas, avec qui tu pars, ce que tu t'en vas faire ? Ton père et moi… Ah, et puis… laisse donc faire !

Molly se leva d'un bond, ramassa la vaisselle sale et la lança presque dans l'évier avant de se ruer vers la porte.

Elizabeth eut à peine le temps de s'esquiver pour laisser passer sa mère.

— On n'en a pas fini avec toi, ma petite fille. Incroyable ! Je ne sais pas ce que nous avons fait au bon Dieu pour mériter ça…

Sa mère était partie. Elizabeth expira en faisant non de la tête.

— *There's no place like home, there's no place like home*, répéta-t-elle comme Dorothy dans *Le magicien d'Oz*.

Puis, la jeune fille murmura :

— J'imagine que si elle se foutait de moi, elle ne se fâcherait pas…

Quelques secondes plus tard, Molly revint dans la cuisine, les yeux pleins d'eau. Elle étreignit sa fille à l'étouffer.

— J'ai eu tellement peur !

Étonnée, Elizabeth demeura immobile, les yeux ronds.

Lorsque Molly la relâcha, elle ne regarda même pas sa fille dans les yeux et repartit, comme si rien ne s'était passé.

Bien malgré elle, Elizabeth fut émue par cette marque d'affection de sa mère. Même si Molly avait une bien curieuse façon de démontrer son amour, on ne pouvait douter de l'existence de celui-ci.

L'adolescente alla jeter un coup d'œil à la fenêtre. L'auto de Molly quittait l'entrée. La voiture de son père n'était pas là. Il était sans doute parti très tôt.

Rapidement, Elizabeth réchauffa des scones, prépara des verres de jus d'orange, des petits bols de confiture, des ustensiles, fit bouillir de l'eau pour le café, et installa le tout sur un plateau.

Avant d'emprunter l'escalier menant à l'étage, elle regarda à la fenêtre. S'il fallait que Molly ait oublié quelque chose ou que Patrick ait décidé de revenir à la maison pour une raison ou une autre ? Mais il n'y avait personne. Le champ était libre.

Elle grimpa l'escalier puis déposa le plateau à ses pieds en arrivant devant la porte de sa chambre. Machinalement, elle regarda des deux côtés du corridor avant de tourner la poignée. Elle poussa la porte et entra avec la nourriture.

— Est-ce que tu dors ? demanda timidement Elizabeth.

Rick sortit de sous les draps du lit de son amoureuse, encore un peu endormi.

— Tes parents sont partis ? chuchota-t-il, inquiet.

Elizabeth lui fit signe que oui en s'approchant avec le plateau.

— Ne t'inquiète pas. Regarde ce que j'ai apporté. C'est à moi de jouer à la serveuse de restaurant.

Rick échappa un petit grognement d'approbation et fit l'inventaire de tout ce qu'Elizabeth lui proposait pour le petit-déjeuner.

— Wow! Merci! J'ai tellement faim.

Il avala le contenu d'un des deux verres de jus d'orange d'un trait avant d'ajouter :

— Si jamais ton père me trouve ici, c'est sûr que je ne pourrai jamais avoir d'enfant!

Elizabeth pouffa de rire.

— Tu oublies que tu as des pouvoirs spéciaux maintenant, mon amour.

Pendant qu'il déposait le plateau près du lit et qu'il se levait pour s'étirer, Rick se repassa mentalement les événements des dernières heures. Ouf! Il y avait eu tant de changements dans sa vie, dans leur vie d'adolescents amoureux. Depuis qu'ils avaient fui les lieux de l'accident, ils ne s'étaient pas quittés. Elizabeth lui avait raconté une deuxième fois toutes les circonstances entourant son départ précipité, tout ce qui lui était arrivé pendant qu'elle était dans les Carpates, sa transformation en vampire par monsieur Bradley, qui était son protecteur et son ami, et à qui elle s'était tant attachée.

— Je n'arrive pas encore à croire que tu m'as sauvé la vie, souffla Rick en enlaçant Elizabeth par-derrière.

Cette dernière sourit.

— Tu me *dois* ta vie, mon amour, dit-elle en se tournant vers lui pour l'embrasser. Ne l'oublie pas.

Rick la regarda en fronçant les sourcils. Elizabeth éclata de rire.

— Mais non ! Je blague.

Elle poussa Rick qui tomba à la renverse sur son lit.

— Tu ne me dois rien. Je t'ai sauvé parce que je ne savais pas quoi faire d'autre. Je ne pouvais pas imaginer mon existence sans toi, c'est vrai, mais… tu n'es pas mon prisonnier. Tu restes avec moi si tu m'aimes et si tu veux être avec moi. Je ne te retiens pas pour l'éternité.

Secrètement, Elizabeth espérait que Rick lui dise que c'était exactement ce qu'il voulait. Être à ses côtés pour toujours, rester avec elle pour l'éternité.

— C'est long, l'éternité, dit le garçon, apparemment mal à l'aise.

Elizabeth se détourna quelques instants pour cacher la déception sur son visage.

— Mais je suis certain qu'avec toi, ça va passer vite !

Elizabeth se tourna rapidement vers Rick pour constater qu'il s'était assis sur le lit comme un petit chien docile et qu'il la regardait avec un sourire espiègle.

— Idiot !

— Moi aussi, je t'aime.

Elizabeth tira la langue comme une enfant. Rick s'approcha d'elle tel un fauve qui aurait voulu la lui arracher avec ses dents. L'adolescente donna une petite claque à son assaillant potentiel.

— Ouch !

Rick agrippa Elizabeth par la taille et lui cloua les épaules sur le lit. Elle poussa un petit cri en basculant.

— Est-ce que les vampires font l'amour? demanda l'adolescent.

La jeune fille rougit bien malgré elle.

Son téléphone cellulaire se mit à sonner.

Rick la relâcha pour qu'elle puisse aller répondre. Néanmoins, l'adolescente prit le temps de l'embrasser avant de s'éloigner.

— Allô! dit-elle après avoir répondu. Milos? Que je suis contente d'entendre ta voix. Ça va?

†

Québec, 19 octobre, 9 h 13 (heure locale)

— Sarah!

La jeune fille se tourna et aperçut Simon Pelletier qui courait vers elle. Son cœur se mit à battre la chamade et elle eut des papillons dans le ventre. Pour se donner une contenance, Sarah s'agrippa aux courroies de son sac à dos. Ainsi, ses mains ne trembleraient pas autant!

— Ah, salut, Simon…

Le garçon arriva à sa hauteur. Il réalisa qu'il avait crié le nom de l'élue de son cœur sans réfléchir mais que, maintenant qu'il se retrouvait devant elle, il faudrait faire la conversation, dire quelque chose… préférablement quelque chose d'intelligent!

— Tu es revenue?

— Hier soir. J'avais trouvé un spécialiste pour ma grand-mère sur Internet et… je suis allée le rencontrer. C'était loin. C'est pour ça que j'ai dû m'absenter quelques jours.

Wow! Elle avait inventé cette excuse sur-le-champ, sans préparation préalable. Ça faisait tellement sérieux, tellement adulte. Étrange quand même : Sarah s'était dit, quelques heures plus tôt, qu'elle en avait vraiment marre de mentir à tout le monde et qu'elle n'en pouvait plus d'inventer des histoires !

Elle rougit. Simon la regardait avec admiration.

— J'ai reçu tes messages. Tu es vraiment gentil.

Ce fut au tour du garçon de rougir.

— Et… pour le bal masqué ? s'enquit-il.

— C'est sûr que c'est oui ! lança Sarah sans réfléchir.

— Vraiment ? bafouilla Simon, surpris par la spontanéité de la réponse.

— Vraiment. J'ai très hâte d'y aller… avec toi.

Il n'en croyait pas ses oreilles.

— Super ! As-tu décidé en quoi tu aimerais te déguiser ?

— Pas en vampire, en tout cas ! lança encore Sarah sans réfléchir.

Simon la regarda, interloqué, cherchant à interpréter cette réponse sans équivoque.

— C'est que… je… je me suis déjà déguisée en vampire, mentit Sarah pour se justifier. Quand j'étais, genre… en quatrième.

Simon ne pouvait quitter Sarah des yeux. Il était subjugué. La réponse de la jeune fille le rassura. Sarah se détourna, le cœur gonflé d'amour, et reprit sa marche vers l'école, Simon la suivant pas à pas.

— De toute façon, tu n'es pas obligée de choisir tout de suite. As-tu aimé mon idée d'y aller en duo célèbre?

Sarah s'arrêta net et plongea son regard dans celui de Simon.

— J'ai beaucoup aimé l'idée de Roméo et Juliette.

Cette réponse n'avait rien de subtile, mais Sarah avait décidé de jouer le tout pour le tout. Elle aimait Simon et elle voulait qu'il le sache.

— Roméo et Juliette, ce serait *cool*, répondit Simon, au comble du bonheur.

Après un court silence, Simon approcha son visage de celui de Sarah pour l'embrasser. Juste avant que leurs lèvres ne se touchent, ils entendirent un cri.

— Sarah!

Jolane arrivait en courant.

Sarah et Simon se regardèrent affectueusement. Leur premier baiser devrait être remis à plus tard, mais il en serait d'autant plus merveilleux, excitant, délicieux.

— Excuse-moi pour tes bagages, lança Jolane d'entrée de jeu, sans reprendre son souffle. Les as-tu eus? Quand je suis arrivée chez toi – en passant, ce n'est pas évident de monter la côte avec plein de sacs et de valises… – en tout cas… quand je suis arrivée chez vous, j'ai sonné à peu près cinq fois. Tes parents n'étaient pas là. J'ai laissé tes bagages devant la porte. J'avais peur que tu te les fasses voler, mais je ne pouvais pas rester là tout le reste de la journée non plus, hein? Est-ce que c'est correct?

Amusée, Sarah eut un petit rire.

— Oui, oui, mes parents les ont rentrés. Merci. Il faut faire réparer la sonnette.

La mâchoire de Jolane tomba.

— Quoi? Tes parents étaient là?

Sarah sourit.

— Toute cette inquiétude-là pour rien? s'indigna Jolane. Tu aurais pu me le dire que la sonnette était défectueuse. Franchement!

Les yeux de Simon se promenaient de Sarah à Jolane comme s'ils suivaient un match de tennis.

— Euh… de quoi vous parlez?

En chœur, Sarah et Jolane firent:

— Ah, laisse faire!

Surprises, elles se mirent à rire. Sarah était si heureuse que la complicité qu'elle partageait avec Jolane depuis la maternelle ne soit pas disparue. Son amie était toujours là, toujours sa meilleure amie, toujours sa complice.

La cloche sonna et le trio s'engouffra dans l'école, prêt à attaquer une autre journée.

†

New York, 19 octobre, 10 h 13 (heure locale)

— Monsieur Menzel ?

Après s'être retourné, Milos se trouva face à Gregory Hoffmann, son tuteur et professeur du cours *History of American Cinema*.

— Il y a un moment que je ne vous ai vu.

Milos baissa la tête, penaud.

— Je sais, monsieur Hoffmann. Je suis désolé. J'ai raté votre cours lundi, mais je vous promets que j'y serai la semaine prochaine… Et je demanderai à mon colocataire, Matthew Lombard, de me faire un petit *briefing* sur ce que j'ai manqué cette semaine.

Hoffmann regarda Milos de la tête aux pieds avec un air de méfiance.

— Vous savez, Menzel, votre charme peut vous mener loin… mais pas avec tout le monde. Il a ses limites. Si vous comptez trop sur lui, il finira par vous faire défaut.

Le vieux professeur tourna les talons et commença à s'éloigner.

— Monsieur Hoffmann ?

L'homme en complet s'arrêta et se retourna très lentement vers Milos. Il ouvrit grand les yeux comme s'il s'attendait à être ébloui par ce que son étudiant lui dirait.

— Cette cravate est vraiment magnifique.

Les yeux de Hoffmann reprirent leur forme normale et le professeur se força à sourire.

— Ma cravate vous remercie… et vous informe que vous avez un examen dans deux semaines. Si vous le ratez, *say goodbye to Hollywood*, comme on dit dans le métier.

Le professeur sortit le bas de la cravate de son veston et lui fit faire un bye-bye dans la direction de Milos qui sourit de toutes ses dents. Monsieur Hoffmann pouvait sembler très austère, trop sérieux, mais Milos adorait son humour caustique et respectait son érudition impressionnante.

— Je ne vous décevrai pas, monsieur, dit le jeune homme davantage pour lui que pour son professeur qui était déjà loin.

Milos jeta un œil à sa montre. Il avait rendez-vous avec Matthew dans la salle de montage pour travailler sur leur court-métrage. Ce matin, il s'était levé avant le soleil, avait pris soin de ne pas réveiller Océane qui dormait paisiblement à ses côtés – et qui ignorait encore que son homme était un vampire –, avait écrit une note à son amoureuse et une autre à son colocataire et confrère de classe, et s'était élancé dans les rues de New York pour se vider la tête, réfléchir à tout ce qui s'était passé la veille. Il n'avait pas pu en parler à Matthew ou à Océane et il s'était servi de la bonne nouvelle de Barry pour tenter d'oublier, ne serait-ce que temporairement, la culpabilité et la douleur qu'il avait ressenties après avoir vampirisé Cassandra.

En se rendant à la salle de montage, Milos croisa d'autres confrères et consœurs de classe qui le saluèrent, heureux de le revoir après ses quelques jours d'absence. Lentement, Milos se réinstallait dans son milieu. Il n'était plus le même, il avait changé, mais rien n'avait changé au New York Film Academy.

Croiserait-il Cassandra dans les corridors aujourd'hui? Que lui était-il arrivé depuis qu'elle avait pris la poudre d'escampette hier? Quelle attitude aurait-elle à son égard? Milos s'en voulait toujours d'avoir succombé à ses bas instincts, mais…

— Bonjour, Milos.

Perdu dans ses pensées, le jeune homme sursauta.

Il venait d'être interpellé par Isabelle Sanborn, une magnifique brunette aux yeux pétillants et perçants, avec laquelle Milos avait eu une relation amoureuse quand il était arrivé au New York Film Academy. Comme lui, elle était en deuxième année. Comme tous les autres étudiants de l'Academy, elle était plus vieille que lui.

— *Hi,* Isabelle! Comment vas-tu?

— Vraiment bien, merci. Je voulais te demander… Ça te dirait d'aller prendre un café… ou un thé vert… un de ces jours?

Tout de suite, Milos pensa à Océane. Il rougit, mal à l'aise. Puis il se demanda quel genre de fille pouvait inviter un membre du sexe opposé à aller prendre un *thé vert*? Milos ne se rappelait pas que cette fille était si étrange. Il avait gardé un si bon souvenir d'elle!

— Écoute, Isabelle… Tu es vraiment gentille, belle, intelligente, mais j'ai quelqu'un dans ma vie. Et…

Isabelle éclata de rire.

— Ah! Tu as cru que je te draguais? Oh, excuse-moi, Milos. Ce n'est pas ça du tout. Tu te souviens de Peter Lambert qui a terminé son cours ici l'an dernier? Nous habitons ensemble maintenant. Nous sommes amoureux et – ne le dis à personne parce que je ne l'ai pas encore annoncé officiellement – nous attendons un bébé.

Les yeux de Milos s'agrandirent de stupeur.

Isabelle eut un autre petit rire en voyant la réaction de son ancien amant.

— Ouais… Nous aussi, nous avons été très surpris, mais nous sommes vraiment heureux et… En fait, si je voulais t'inviter à prendre un café – le thé vert, c'est pour moi et le bébé, pas trop de caféine, tu comprends? – c'est que… Peter a un projet de film et il a pensé à toi pour un des rôles.

Milos rougit de pied en cap, se sentit ridicule, mais sut rire de lui-même.

— Excuse-moi, Isabelle… Bien sûr que j'aimerais vous rencontrer, Peter et toi, pour parler du projet. C'est gentil d'avoir pensé à moi. Tu le salues de ma part, hein? J'attends de tes nouvelles.

Heureuse, Isabelle sourit et déposa un baiser amical sur la joue de Milos avant de le saluer et de s'éclipser. Ah, ces yeux, ce regard! C'était ce qui avait séduit Milos à l'époque. Les yeux d'Isabelle avaient un pouvoir de séduction incroyable. Rien n'avait changé!

— Et c'est fou comme cette fille ressemble à Sarah Michelle Gellar, se dit Milos à voix haute. Pourvu qu'elle ne se transforme pas en Buffy et qu'elle ne tente pas de m'exterminer!

Milos secoua la tête et se mit à rire, amusé par sa propre réflexion.

D'un pas décidé, il se rendit enfin à la salle de montage. Il espérait que Matthew serait là et qu'il ne serait pas trop amoché en ce lendemain de soûlerie où il était revenu à l'appartement dans un état lamentable.

La vie devait maintenant reprendre son cours normal. Il fallait que Matthew et lui terminent leur court-métrage, que Milos aime Océane, qu'il remonte sur la scène du *Picture Show* et… qu'il vampirise encore cinq personnes!

Il frissonna.

†

Québec, 19 octobre, 16 h 13 (heure locale)

En rentrant à la maison, Sarah se rendit directement dans sa chambre. Depuis son retour de Transylvanie, elle n'avait pas passé beaucoup de temps avec ses parents et elle avait réussi à esquiver leurs questions en prétextant qu'elle ne voulait pas trop en parler tout de suite, qu'elle était heureuse d'être rentrée à la maison et qu'il fallait lui faire confiance. Ses parents avaient de la difficulté à avaler tout ça et à ne pas lui imposer leur autorité, mais ils savaient que Sarah avait la tête sur les épaules et qu'elle avait un assez bon jugement pour les tenir au courant des choses essentielles.

Le plus important, avait dit Sarah pour les rassurer, c'est qu'elle les aimait, qu'elle allait bien, qu'elle n'avait pas été blessée et que son expérience ne lui laisserait pas de fâcheuses séquelles.

En arrivant dans sa chambre, Sarah prit le téléphone et appela sa grand-mère.

— Tu vas bien, mamie Loulou?

— Très bien, oui. J'adore être un vampire.

Sarah souffla fort dans l'acoustique.

— Chut! Pas si fort, voyons!

Mamie Loulou rigola.

— Sarah, je suis toute seule! Qui pourrait m'entendre?

La jeune fille se sentit ridicule. Pendant que sa grand-mère lui racontait qu'à toutes les heures elle se découvrait de nouveaux pouvoirs et que ses capacités physiques se multipliaient, Sarah alluma son ordinateur.

— Mamie, je suis vraiment contente pour toi, mais… tu fais attention, hein? Si tu vas faire l'épicerie en volant au-dessus du boulevard Laurier, il y a peut-être des gens qui vont trouver ça louche.

Louise pouffa de rire.

— Je te promets de voler seulement le soir, quand le soleil sera couché, déclara la grand-mère. D'ailleurs, comment se fait-il que je sois un vampire et que je puisse quand même me promener dehors en plein jour ?

Sarah expliqua à mamie Loulou que les légendes sur les vampires étaient terriblement surfaites. Aussi, comme la plupart des races et des nations, les vampires avaient évolué et s'étaient développés au fil des années, des décennies, des siècles. Ils s'étaient adaptés à la vie moderne.

— Tu en sais des choses, toi ! Wow ! En tout cas, c'est bien plaisant jusqu'à maintenant d'être un vampire.

Sarah fronça les sourcils. Est-ce que sa grand-mère tentait de la convaincre de la suivre dans la cohorte ?

La jeune fille consulta les courriels dans son compte Mailme et découvrit un message de Milos.

— Mamie ! Mon frère de New York m'a écrit !

CHAPITRE 24

New York, 20 octobre

Le lendemain soir, Milos quitta son appartement très tôt, gonflé à bloc à l'idée de remonter sur scène devant l'écran de projection du *Rocky Horror Picture Show* dans la peau de Rocky. Dès que le soleil se fut couché sur Manhattan, le jeune homme sortit de chez lui et se lança dans les rues de la mégalopole comme s'il avait toujours été un habile spécialiste du *free running*.

Fou de joie, le jeune vampire découvrait que ses capacités pulmonaires et cardiaques s'étaient encore multipliées. Quand cela s'arrêterait-il? Ces forces incroyables atteindraient-elles un sommet un jour? Même s'il se posait toutes ces questions, il ne voulait pas trop s'y attarder parce qu'il prenait trop de plaisir à jouir du moment présent.

Il courait si vite, si agilement, qu'il en étourdissait les New-Yorkais en baskets qui déambulaient sur les trottoirs, aux intersections, près des bouches de métro. Milos évitait les personnes qu'il aurait pu bousculer en se donnant des élans qui lui permettaient de se servir des murs de pierre, des murs de brique, des clôtures, des rampes et des murets pour sauter par-dessus les passants. Ces derniers étaient tellement habitués de faire leur petite affaire qu'avant même qu'ils réalisent que Milos avait posé un geste surhumain juste à côté d'eux, le jeune vampire était déjà loin et les gens ne pouvaient que hausser les épaules, résignés à ne pas comprendre le phénomène.

Après avoir couru, sauté, bondi pendant plus de deux heures, d'abord sur les trottoirs et les terre-pleins de Lexington, de Park et de Madison, puis sur les trottoirs de plusieurs rues vers le nord – Milos évitait de rester trop longtemps sur la même artère pour ne pas attirer l'attention –, il déboucha sur Central Park où il poursuivit son *free running*, ajoutant statues, fontaines et arbres matures comme points d'appui. Il s'amusa même à sauter dans des arbres et à survoler le zoo de Central Park comme un écureuil volant. Et il effaroucha bien malgré lui les chevaux qui tiraient les calèches.

Enfin, il jeta un œil à sa montre.

— C'est l'heure de rentrer au travail si je ne veux pas perdre mon boulot dès le premier soir!

Toujours aussi excité et enthousiaste, il fit quelques longues enjambées pour sortir de l'immense parc du centre de Manhattan et se dirigea vers le Chelsea Cinemas.

Quelques minutes plus tard, Milos se retrouvait sous la marquise lumineuse du complexe où il allait se produire ce soir-là.

— *Yes!* dit-il, exalté.

Ce soir, Océane et Matthew devaient assister au spectacle. Du moins, si Matthew n'était pas dans une de ses périodes de bouderie. Milos trouvait que son ami avait bien changé depuis qu'il était revenu des Carpates et il s'en inquiétait. Mais son colocataire, qui n'était plus aussi loquace qu'il l'avait déjà été, ne lui avait fait aucune confidence.

Plusieurs fois, il lui avait demandé ce qui n'allait pas, mais Matthew refusait de répondre, esquivant parfois habilement, parfois maladroitement, ses questions. Quelques fois, il avait prétexté des problèmes familiaux, ce que Milos trouvait très étrange et peu probable parce que son colocataire avait toujours eu une excellente relation avec ses parents, tant et aussi longtemps que ceux-ci habitaient loin ! D'autres fois encore, il disait qu'il venait de parler au téléphone avec Kevin et que ce dernier avait été désagréable. Tout cela était vraiment bizarre, et Milos espérait qu'il arriverait à connaître la vérité parce que le bien-être de Matthew lui tenait sincèrement à cœur.

En se rendant aux loges pour se maquiller et se costumer, Milos salua tous les employés au passage. Il était tellement heureux d'être là, si fier que Barry lui ait donné cette belle chance de participer à une production aussi amusante et reconnue pour sa longévité.

Pendant qu'il se préparait, le patron lui rendit visite.

— Tu arrives tôt !

Milos salua Barry qu'il voyait au-dessus de lui dans la glace.

— Je voulais te prouver que je peux être ponctuel, dit Milos ironiquement, s'excusant indirectement d'avoir raté son rendez-vous de mercredi.

Barry gloussa.

— Ne t'en fais pas pour ça. J'ai confiance en toi, Milos.

— Merci.

— Je passais seulement pour te dire *merde* et te dire que tu as de la visite.

Milos fronça les sourcils. Voyant que son acteur était dans un état pour recevoir, Barry ouvrit la porte et Milos vit apparaître sa sœur Elizabeth et un jeune homme qu'il ne connaissait pas.

— Elizabeth ? Wow ! Tu es venue me voir ? Comme c'est formidable.

Heureuse mais néanmoins un peu intimidée, Elizabeth sourit et s'approcha de son frère qui se leva pour l'accueillir. Ils s'enlacèrent.

— Ah, que ça me fait plaisir de te voir ! Ça me fait du *bien* de te voir, précisa Milos.

— Moi aussi, grand frère.

Elizabeth se tourna alors vers le jeune homme qui l'accompagnait.

—Milos, je te présente Rick, mon amoureux.

Les deux jeunes hommes se regardèrent un moment en se serrant la main et Rick fut soulagé de ne pas voir de méfiance et de «prends-soin-de-ma-sœur-si-tu-ne-veux-pas-mourir-ordure» dans les yeux de son «beau-frère».

— C'est fait, Milos, chuchota Elizabeth en regardant autour d'elle.

Milos rougit un peu avant de bafouiller:

— Tu veux dire que vous avez…

Il ne finit pas sa phrase, et Elizabeth et Rick comprirent qu'il n'avait pas saisi.

Elizabeth frappa violemment l'épaule de Milos du revers de la main:

— Mais non, idiot! Ce que je veux dire, c'est que nous sommes devenus des vampires. Nous n'avons pas… De toute façon, le reste ne te regarde pas.

Milos sourit pour marquer son soulagement.

— Non, et j'aime mieux ça ainsi.

Tous trois rigolèrent avant qu'Elizabeth lance, à brûle-pourpoint:

— Et toi?

— Moi? *Plusieurs* fois.

La bouche d'Elizabeth s'ouvrit toute grande pour protester.

— Pas *ça*, imbécile! Je parle de…

— Ah, *ÇA*! poussa Milos en feignant l'innocence. Tu veux savoir si j'ai rejoint la cohorte? Oui. Moi aussi.

Comme Milos ne semblait pas vouloir entrer dans les détails, Elizabeth attaqua à nouveau.

— Les pouvoirs, c'est vraiment incroyable, n'est-ce pas ?

— Vraiment incroyable, répéta Milos. Je commence à peine à les découvrir, mais… c'est étourdissant.

Encore un silence qu'Elizabeth trouva trop long.

— Et ton amoureuse ? Tu l'as… emmenée avec toi ?

Milos se mordit la lèvre inférieure.

— Non. Pas mon amoureuse. Elle ne sait toujours rien. Je… je n'ai pas été capable. Mais… une autre fille, oui.

Elizabeth demeura sans voix.

— Ah, s'il te plaît, Elizabeth ! Ne me regarde pas comme ça, tempêta Milos, rongé par la culpabilité. Je n'ai pas été capable de tout avouer à Océane… ni à Matthew… Mais Cassandra… Cassandra s'est littéralement offerte à moi. La chair est faible, ma sœur.

Elizabeth regarda Rick amoureusement.

— Je sais.

Après un court moment, Elizabeth se ressaisit :

— Est-ce que Sarah vient aussi ce soir ? L'as-tu invitée ?

— Invitée ?

— Mais oui. L'as-tu appelée ?

— Non. Pourquoi ?

— C'est bizarre que tu m'aies appelée, moi, et que tu ne l'aies pas appelée, elle, non ?

Milos fronça les sourcils.

— Je ne t'ai pas appelée.

Elizabeth eut un petit rire nerveux. Son frère commençait-il à perdre la mémoire ?

— Mais voyons, Milos ! Tu m'as téléphoné sur mon cellulaire. Je t'ai répondu. Tu m'as raconté les premières heures ayant suivi ton retour à New York, tu m'as invitée à venir te voir dans le *Picture Show*, tu m'as dit d'amener Rick si je voulais…

— C'était malade ! s'exclama Rick, les yeux pétillants. Nous avons traversé l'Atlantique en volant main dans la main. Voir la statue de la Liberté quand on vole, c'est incroyable ! Wow !

Milos se fit la réflexion qu'il faudrait bien qu'il essaie ça bientôt. Puis il s'adressa à sa sœur :

— Je te jure que je ne t'ai pas appelée.

Ils se regardèrent tous les trois, à la fois troublés et surpris. Après un court silence qu'elle voulut briser pour éviter de réfléchir plus longtemps aux circonstances entourant le mystérieux appel téléphonique, Elizabeth avança :

— Tu crois que Sarah est devenue un vampire elle aussi ?

Milos haussa les épaules. Ils le sauraient assez vite car le grand frère avait bien l'intention de passer un coup de fil à la benjamine le plus rapidement possible.

— Cette mission est complètement folle, dit Elizabeth. Il nous reste encore cinq personnes chacun à vampiriser en dix jours. Ça paraît quasi impossible…

Comme Milos ne savait pas quoi répondre, Rick prit la parole :

— Tout est possible si on le souhaite vraiment, non ?

Soudain, la porte de la loge s'ouvrit derrière Rick et Elizabeth. Kevin, Lana et Nikolas firent irruption et s'excusèrent d'avoir bousculé les invités de Milos.

Poliment, Elizabeth sourit et glissa à Milos :

— On te laisse finir de te préparer. On se revoit après la représentation, d'accord ?

Milos embrassa sa sœur, salua Rick et le couple sortit de la loge.

— Hé, Milos ! Tu seras avec nous pour un moment, on dirait, hein ?

Timidement, le principal intéressé bafouilla :

— J'espère que… ça ne vous dérange… pas trop ?

— *Are you crazy ?* intervint Lana, enthousiaste. Voyons ! La troupe t'adore, ne t'en fais pas. Tu fais déjà partie de l'équipe.

Soulagé, Milos remercia ses trois collègues. Il se demanda néanmoins comment ils seraient avec lui s'ils savaient qu'il était un vampire.

— As-tu vu Matthew ? demanda Kevin.

Quand Milos répondit que son colocataire devait, en principe, venir assister à la représentation de ce soir, Kevin soupira.

— Il n'est pas facile à suivre, ton coloc, hein ? Je ne sais pas ce qu'il a. J'ai bien tenté de lui faire comprendre que je l'appréciais, que… j'avais envie d'être avec lui, tu sais ? Il passe de glacé à brûlant et de brûlant à glacé en moins de temps que ça n'en prend pour dire *Rocky Horror Picture Show* !

Pour détendre l'atmosphère, Nikolas dit :

— C'est pas mal long, dire *Rocky Horror Picture Show* !

Tout le monde rit à des niveaux différents. L'affirmation de Kevin confirmait quand même ce que Milos pensait. Quelque chose n'allait pas avec Matthew.

— Je sais qu'il est bizarre depuis quelques jours, avança Milos, mais donne-lui une chance. Je pense qu'il t'aime beaucoup. Il faut juste être patient avec lui.

La porte s'ouvrit brusquement encore une fois et Matthew, débordant de bonheur – vrai ou faux ? – fit irruption dans la loge comme s'il avait senti que l'on parlait de lui.

— Bonsoir, tout le monde ! Qui est prêt à se faire habiller et maquiller par les doigts habiles de Matthew, *King of style* ?

Tous se regardèrent, bouche bée. Après un court silence, Matthew s'écria :

— OK ! Qu'est-ce que j'ai manqué ?

†

Le temps passait trop lentement. La dernière heure avant une représentation était toujours la plus pénible. Tout le monde était costumé, coiffé, maquillé, réchauffé vocalement et physiquement. On attendait que les spectateurs terminent leur entrée dans la salle. Les minutes, les secondes s'égrenaient avec une lenteur exaspérante.

Pris avec une minuscule parcelle de résidu de maquillage dans son œil droit, Milos était retourné dans la loge pour tenter de s'en débarrasser avec des gouttes salines.

Il s'installa devant le grand miroir et laissa tomber une goutte dans son œil. Tout de suite après, il entendit une voix sensuelle murmurer dans son dos :

— Bonsoir, Milos. Je suis venue te souhaiter le mot de Cambronne avant la représentation.

Après quelques clignements d'yeux, Milos aperçut Mila dans la glace au-dessus de sa tête.

— Mila ? dit-il, surpris par cette soudaine apparition.

— Ça se passera bien, Milos. J'en suis certaine.

Le jeune homme ferma les yeux quelques secondes et, lorsqu'il les rouvrit, la séduisante femme vampire avait disparu. Milos secoua la tête, se croyant victime d'hallucinations. Quelques secondes plus tard, en jetant un œil dans la glace, il y aperçut monsieur Cartwright.

— Vous êtes un excellent comédien, Milos. Vous allez séduire le public, ce soir, j'en suis certain.

Les yeux de Milos s'écarquillèrent. Il les referma encore. La poussière de maquillage avait été délogée. «Quel soulagement!» se dit le jeune homme en levant encore les yeux vers le haut du miroir.

Monsieur Cartwright avait disparu.

— Pas de doute, mes yeux me jouent des tours… ou je suis en train de devenir fou!

Cette fois, il tint ses yeux fermés un peu plus longtemps comme si, en faisant cela, il arriverait à chasser ces personnages, ces apparitions. Quand il se décida à regarder dans le miroir, c'est le comte Dracula lui-même, son père biologique, qui y avait pris place.

— Tu ne pensais quand même pas que je laisserais passer ta grande première sans venir te souhaiter *merde*, mon fils? *Break a leg*, comme on dit dans la langue de Shakespeare.

Le comte eut un rire qui glaça la colonne vertébrale de Milos. Le temps que le jeune homme se tourne vers la porte, son père avait disparu. «Je suis vraiment en train de perdre la raison», se dit Milos en prenant sa tête entre ses mains.

Après quelques secondes, il entendit la porte s'ouvrir et leva rapidement les yeux.

— Sarah? Qu'est-ce que tu fais ici?

Étonnée, la jeune fille rétorqua :

— Tu parles d'une question ! Je suis venue parce que tu m'as envoyé un courriel pour m'inviter à ta grande première !

Puis, d'une voix radoucie, elle s'adressa à la personne qui l'accompagnait :

— Loulou, je te présente mon frère, Milos.

Complètement abasourdi, Milos se leva et enlaça sa petite sœur.

ÉPILOGUE

— *And crawling… on the planet's face… some insects… called the human race. Lost in time… and lost in space… and meaning.*

L'acteur Charles Gray faisait ensuite tourner le globe terrestre dans le bureau du criminologue sur l'écran du Chelsea Cinemas où l'on projetait *The Rocky Horror Picture Show* pendant que Bob Lindstrom singeait ses moindres gestes devant l'écran.

Quelques secondes plus tard, dès que le générique se mit à défiler à l'écran, Milos et tous les autres comédiens de la distribution se tournèrent vers le public pour saluer sous un tonnerre d'applaudissements, de cris et de sifflets d'approbation.

Milos s'abreuvait de cette affection publique dont il ne se lassait pas. En levant les mains tout en tenant celles de Nikolas et de Patricia, Milos aperçut ses deux sœurs, Sarah accompagnée de sa grand-mère vampire et Elizabeth aux côtés de son amoureux nouvellement entré dans la cohorte. Il rencontra le regard d'Océane qui le regardait avec tant d'amour et qui était assise près de Matthew à qui elle avait réservé un siège. Bientôt, Milos serait forcé de tout leur expliquer. En se redressant après le troisième salut, il aperçut Cassandra qui le regardait avec un sourire coquin qu'il trouva troublant. Elle ne semblait pas lui en vouloir de l'avoir fait entrer dans la cohorte, mais… que leur réservait l'avenir ? Il remarqua ensuite la présence de monsieur Cartwright et de deux autres hommes âgés et austères qui détonnaient avec leurs applaudissements lents et polis. Qu'étaient-ils venus faire là ? Surveillaient-ils ses allées et venues ?

Au moment où la troupe du *Picture Show* s'apprêtait à quitter l'étroite petite scène pendant que s'intensifiait l'éclairage du parterre, le grésillement d'un court-circuit accompagné d'étincelles surprit tout le monde. L'éclairage de sécurité, alimenté par une génératrice, s'alluma au-dessus des sorties… et une voix forte et profonde monta du fond de la salle :

— Vous croyez que c'est terminé ?

Un murmure général s'installa parmi les spectateurs qui ne comprenaient pas ce qui se passait. Les habitués du *Picture Show*, qui connaissaient le déroulement de la soirée par cœur, furent particulièrement étonnés par cet ajout imprévu au spectacle.

Milos plissa les yeux et aperçut une grande silhouette noire apparaître au-dessus des spectateurs. Le comte Vladislav Dracula survolait le public, qui sentit l'air frais provoqué par les battements d'ailes du roi des vampires.

Dracula atterrit à côté de son fils horrifié et virevolta pour faire face au public.

— Ce n'est qu'un début! Il y a encore tant à faire avant que votre mission ne soit accomplie. Rendez-vous la semaine prochaine… pour une autre représentation!

Le roi des vampires prit le temps de saluer galamment ses trois enfants, Milos, Elizabeth et Sarah, avant de s'envoler comme il était arrivé, sous un nouveau tonnerre d'applaudissements des spectateurs, impressionnés par les nouveaux effets spéciaux que l'on avait ajoutés au spectacle.

Saint-Michel-de-Napierville, Brossard,
New York City (É.-U.), Québec, Saint-Jean-sur-Richelieu
du 19 juin au 6 septembre 2009

REMERCIEMENTS

John Badham, Christine Bédard, Daniel Bertrand, Markita Boies,
Claude Bolduc, Henriette Boudreau Comeau, Cassandra Brassard,
Yvon Brochu, Ginette Brunette, Sr Lorraine Caza, c.n.d.,
Louise Caza, Elizabeth-A. Caza-Comeau, Fr Robert Chagnon, f.m.s.,
Marie-Andrée Clermont, Émilie Cloutier-Lévesque,
Carl Comeau, Charlotte Comeau, Maxime Comeau,
Robert Comeau Jr, Tanya Comeau, Angèle Delaunois,
Corinne De Vailly, Sylvie-Catherine De Vailly, Sr Lise Desrochers, c.n.d.,
Chanel Falardeau, Megan Fox, Evelyne Gauthier,
†Mary Gurney Caza, Souyuan Jetten-Duchesneau, Simon Laberge
de La Capitale Québec Champlain, Colombe LaBonté,
Hubert T. Lacroix, Sonia K. Laflamme, Nikolas Lafontaine,
Pascale Lafontaine, Ianik Lajeunesse, Sylvie Lallier,
Frank Langella, Isabelle Larouche, †Louise Légaré, Charlotte Léger,
Michel J. Lévesque, Marie-Christine Loyer, †Bela Lugosi,
Hélène Magloire-Holly, Manon Mallette, Estelle Martin,
Davey T. Mitchell, Marie-Josée Morasse, Viviane Moreau,
Sophie-Luce Morin, Danielle Morissette, Mario Morra,
Marie-Pier Phaneuf, Vincent Poirier, Caroline Poulin, Jacques René,
Jonathan Reynolds, Anne Rice, Mélina Richard de La Capitale
Québec Champlain, Sylvain Rivard (Vainvard),
Robert Soulières, Philippe St-Jean-Pellerin, †Bram Stoker,
Louise Tondreau-Levert, Steve Vachon, Lise Vaillancourt,
Stéphanie Vecchio, Caroline Viau.

YANIK COMEAU

Écrivain, comédien, enseignant, metteur en scène, scénariste, journaliste, traducteur, animateur, conférencier, chroniqueur à la radio et à la télévision : voilà autant de professions que Yanik Comeau a pratiquées et pratique encore.

Comme écrivain, il a remporté le Concours Libellule 1993 des éditions Héritage avec son premier roman jeunesse, *L'arme secrète de Frédéric.* Il n'a jamais cessé d'écrire, tant des romans que des nouvelles et du théâtre, tant pour les enfants, les adolescents que les adultes. Trois de ses textes ont aussi été repris dans des volumes pédagogiques à l'intention des jeunes du primaire et du secondaire.

En tant qu'auteur de théâtre, on lui doit une vingtaine de « longues » pièces – dont près d'une dizaine pour adolescents – parmi lesquelles *Carpe diem, Dramatis personæ, Modus vivendi, Vérités et conséquences, Poussières d'étoiles, Massacre à Summer's Grove* et *Descendants,* qu'il a écrites et mises en scène lors de leur création et qui sont maintenant reprises dans des écoles aux quatre coins du Québec. Yanik a aussi écrit plus de deux cents courtes pièces pour enfants et adolescents qu'il a commencé à publier en six volumes pour les enseignants qui veulent faire de l'art dramatique avec leurs élèves (collection *Coups de théâtre!* chez COMUNIK Média).

Scénariste, il a écrit cent onze textes comme coauteur de l'émission pour enfants *Les Chatouilles* à la télévision de Radio-Canada, et il a écrit les scénarios des cédéroms de *Caillou* en français et en anglais.

En plus de ses nombreuses conférences partout dans la province pour parler du métier d'écrivain (il a même fait une tournée de deux semaines en Colombie-Britannique en 2003!), Yanik dirige son école de théâtre (l'Atelier-théâtre Côté Jardin), sa maison d'édition et passe beaucoup de temps avec sa fille Charlotte, née en 2003. Il trouve néanmoins le temps d'écrire et a assumé la présidence de l'Association des écrivains québécois pour la jeunesse pendant trois ans (de 2004 à 2007).

Pour en savoir davantage sur lui, consultez son site Internet au www.comunikmedia.com. Pour en apprendre plus sur la série *Les enfants Dracula,* visitez le www.lesenfantsdracula.com.